LE COÛT DE LA VIE

Deborah
Levy

Titre original
The Cost of Living

Le livre a été publié pour la première fois en 2018 par Hamish Hamilton

Conception graphique gr20paris

ISBN : 978 23 646 8454 6

Le Coût de la vie

Traduit de l'anglais
par Céline Leroy

Deborah Levy

Éditions
du sous-
sol

On a toujours plus d'irréalité que l'autre.

Marguerite Duras,
La Vie matérielle (1990)

Un

Le Bel Argenté

Ainsi que nous l'a dit Orson Welles, une fin heureuse dépend du moment où l'on arrête l'histoire. Un soir de janvier, je mangeais du poisson et du riz à la noix de coco dans un bar de la côte caribéenne en Colombie. Un Américain bronzé et tatoué était assis à la table voisine. Il approchait de la cinquantaine, avait de gros bras musclés, des cheveux argentés relevés en chignon. Il parlait à une jeune Anglaise d'environ dix-neuf ans qui était jusque-là seule en train de lire un livre, mais qui, après un instant d'hésitation, avait accepté de se joindre à lui. Il a commencé par monopoliser la parole. Au bout d'un moment, elle l'a interrompu.

Elle soutenait une conversation intéressante, intense et étrange. Elle lui racontait comment, après vingt minutes sous l'eau lors d'une séance de plongée au Mexique, elle avait refait surface pour découvrir qu'une tempête avait éclaté. La mer était démontée et la jeune femme avait été pressée de regagner le navire. Son récit avait beau évoquer sa remontée depuis les profondeurs jusqu'à la tempête qui se déchaînait en surface, il parlait aussi d'une blessure secrète.

Elle a glissé quelques indices à l'homme pour le mettre sur la voie (il y avait une personne à bord qui, d'après elle, aurait dû venir la secourir) et lui a jeté un coup d'œil pour vérifier qu'il comprenait que cette histoire de tempête portait un message sous-jacent. L'histoire ne le passionnait pas et il a même réussi à soulever la table dans un tressautement des genoux qui a fait tomber par terre le livre de la jeune femme.

"Vous êtes bavarde, non ?" a-t-il demandé.

Elle a réfléchi en passant les doigts dans les pointes de ses cheveux, le regard tourné vers deux adolescents qui vendaient des cigares et des maillots de foot aux touristes sur la place pavée. Il n'était pas facile de lui faire comprendre, à cet homme beaucoup plus vieux qu'elle, que ce monde lui appartenait aussi. Il avait pris un risque en l'invitant à sa table. Après tout, elle était venue à lui avec une vie et une libido bien à elle. Il n'avait pas imaginé une seconde qu'elle puisse se voir autrement que comme le *personnage secondaire* et ne pas le voir, lui, comme le personnage principal. En ce sens, elle avait déstabilisé une frontière, fait s'effondrer une hiérarchie sociale et mis à bas les vieux rituels.

Elle lui a demandé ce qu'il y avait dans son bol, avec les *nachos*. Il a répondu qu'il s'agissait d'un *ceviche*, du poisson cru mariné dans du jus de citron vert, écrit *sexvice* dans le menu en anglais – “Un préservatif est fourni avec le plat”, a-t-il plaisanté. Quand elle a souri, j’ai su qu’elle s’efforçait d’être une personne plus courageuse qu’elle ne pensait l’être, une personne qui pouvait voyager seule en toute liberté, lire un livre avec un verre de bière dans un bar le soir, une personne qui pouvait risquer une conversation d’une incroyable complexité avec un inconnu. Elle a accepté de goûter à son *ceviche* avant d’esquiver la proposition d’un bain de minuit dans un coin isolé d’une plage locale, “loin des rochers”, lui a-t-il assuré.

Au bout d’un moment, il a ajouté : “Je n’aime pas la plongée. Si je devais explorer les profondeurs, ce serait pour chercher de l’or.

— Ah tiens. C’est drôle que vous disiez ça. Je pensais justement vous surnommer le Bel Argenté.

— Pourquoi le Bel Argenté ?

— C’était le nom du bateau de plongée.”

Il a secoué la tête, déconcerté, et son regard s’est déplacé des seins de la jeune femme vers le néon qui indiquait la sortie au-dessus de la porte. Elle a souri une fois de plus, mais ce n’était pas sincère. À mon avis, elle savait devoir calmer l’agitation qu’elle avait rapportée du Mexique. Elle a décidé de ravaler ses paroles.

“Non, Bel Argenté à cause de vos cheveux et du clou à votre sourcil.

— Je ne suis qu'un vadrouilleur, a-t-il dit. Je vadrouille."

Elle a payé sa consommation et a demandé à l'homme de ramasser le livre qu'il avait fait tomber, l'obligeant à se pencher et à aller le chercher sous la table en le ramenant vers lui avec le pied. Ça a pris un moment et quand il a refait surface, livre à la main, elle n'a été ni reconnaissante ni discourtoise. Elle s'est contentée d'un "Merci".

Pendant que la serveuse débarrassait les assiettes remplies de pinces de crabe et d'arêtes de poisson, je me suis souvenue de cette citation d'Oscar Wilde : "Soyez vous-même, tous les autres sont déjà pris." Cela ne s'appliquait pas totalement à la jeune femme. Elle devait tenter d'incarner un être possédant des libertés que le Bel Argenté tenait pour acquises – après tout, lui n'avait aucun mal à être lui-même.

Vous êtes bavarde, non ?

Parler de notre vie comme bon nous semble est une liberté que, dans l'ensemble, on choisit de ne pas prendre, mais j'avais l'impression que les mots qu'elle voulait prononcer étaient pleins de vitalité, aussi mystérieux pour elle que pour les autres.

Plus tard, alors que j'écrivais sur le balcon de mon hôtel, j'ai repensé à la façon dont elle avait invité le Bel Argenté vadrouilleur à lire entre les lignes de sa blessure secrète. Elle aurait pu finir son histoire en décrivant les merveilles observées dans les profondeurs calmes de la mer avant l'orage. Cela aurait fait une fin heureuse ; sauf qu'elle ne s'était pas arrêtée là. Elle avait posé une question (à lui autant qu'à elle-même) : la personne restée sur le navire m'a-t-elle abandonnée, d'après vous ? Le Bel Argenté n'était pas le bon public pour son histoire, mais je me suis dit qu'à tout prendre elle serait peut-être le bon public pour la mienne.

Deux

La tempête

Tout était calme. Le soleil brillait. Je nageais dans les profondeurs. Et quand j'ai refait surface vingt ans plus tard, j'ai découvert qu'une tempête avait éclaté, que la mer était démontée et qu'un vent violent soulevait des vagues au-dessus de moi. Au début, je n'étais pas sûre de pouvoir rejoindre le navire et puis je me suis rendu compte que je n'avais pas envie de le rejoindre. A priori, le chaos représente notre pire crainte, mais j'en suis venue à croire que c'est peut-être ce que nous désirons le plus. Si nous ne croyons pas à l'avenir que nous planifions, à la maison que nous payons avec un emprunt, à la personne qui dort à nos côtés, alors peut-être qu'une tempête (longtemps tapie dans les nuages) pourrait nous rapprocher de ce que nous voulons être au monde.

La vie vole en éclats. On essaye de se ressaisir et de recoller les morceaux. Et puis on comprend que ce n'est pas possible.

Arrivée à la cinquantaine, juste au moment où ma vie était censée ralentir, se stabiliser et devenir plus prévisible, elle s'est accélérée, est devenue instable et imprévisible. Mon mariage était le navire et je savais que si j'y retournais je me noierais. C'est aussi le fantôme qui hantera ma vie à jamais. Pour moi, il n'y aura pas de fin au deuil de ce vieux désir de vivre un amour durable qui ne réduirait pas ses personnages principaux à moins que ce qu'ils sont. Je ne crois pas avoir souvent vu d'histoires d'amour qui y parviennent, de sorte que cet idéal est peut-être condamné à n'être qu'un fantôme. Quel genre de questions ce fantôme me pose-t-il ? Des questions politiques, bien sûr, mais lui-même n'est pas un politicien.

Lors d'un voyage au Brésil, j'ai vu une chenille aux couleurs vives large comme mon pouce. Elle semblait avoir été dessinée par Mondrian, le corps couvert de carrés symétriques bleus, rouges et jaunes. Je n'en croyais pas mes yeux. Le plus étrange, c'est qu'elle avait l'air d'avoir deux têtes d'un rouge éclatant, une à chaque extrémité du corps. Je l'ai examinée un bon moment pour voir si c'était vraiment le cas. C'était peut-être ma tête à moi qui avait pris un coup de chaud, à moins que le thé noir fumé que je sirotais tous les jours en regardant les enfants jouer au foot sur la place ne m'ait donné des hallucinations. J'ai appris plus tard qu'une chenille pouvait arborer une fausse tête pour se protéger de ses prédateurs. À l'époque, je n'arrivais pas à décider dans quel sens je voulais dormir. Par exemple, mon oreiller était orienté au sud ; il m'arrivait de dormir dans ce sens-là puis de changer l'oreiller de place pour qu'il soit orienté au nord. J'ai fini par mettre un oreiller à chaque bout du lit. Peut-être était-ce l'expression physique d'une conscience très partagée, d'une incapacité à penser de manière claire ou d'une hésitation.

Quand l'amour commence à se fissurer, la nuit tombe. Elle est interminable. Elle déborde de mauvaises pensées et d'accusations. Ces monologues intérieurs et leurs tourments ne s'arrêtent pas au lever du jour. C'est ce qui me contrariait le plus, de voir qu'il avait kidnappé mon esprit et l'occupait entièrement. Ça n'était rien de moins qu'une occupation. Mon chagrin était en train de devenir une habitude qui rappelait la tristesse décrite par Beckett, "à laquelle on peut toujours ajouter jusqu'à ce que mort s'ensuive [...] comme à une collection de timbres-poste ou d'œufs d'oiseaux".

À mon retour à Londres, le marchand de journaux turc de mon quartier m'a offert un porte-clés avec un pompon en fourrure. Ne sachant pas trop quoi en faire, je l'ai attaché à mon sac à main. Un pompon réchauffe le cœur. Je me suis promenée dans Hyde Park avec un collègue et le pompon rebondissait joyeusement tandis que nos pas soulevaient les feuilles mortes. C'était un esprit libre, follement gai, mi-animal mi-autre chose. Il était beaucoup plus heureux que moi. Mon compagnon arborait une bague en or délicat et filigrané sertie d'un minuscule diamant nuageux. "Mon épouse a choisi cette alliance, m'a-t-il dit. C'est victorien, pas vraiment mon style, mais elle me fait penser à elle." Et puis il a ajouté : "Mon épouse a encore eu un accident de voiture." *Tiens*, ai-je pensé alors que nous suivions la rangée d'arbres dorés, *elle n'a pas de nom. Elle est une épouse.* Je me suis demandé pourquoi mon collègue oubliait le nom de la plupart des femmes qu'il rencontrait lors d'événements divers et variés. Il en parlait toujours comme de la femme ou de la petite amie de quelqu'un, comme si c'était tout ce que j'avais besoin de savoir.

Si nous n'avons pas de nom, qui sommes-nous ?

J'ai pleuré comme une femme quand j'ai su que mon mariage était terminé. J'ai vu un homme pleurer comme une femme, mais je ne suis pas sûre d'avoir déjà vu une femme pleurer comme un homme. L'homme qui pleurait comme une femme était à un enterrement et il pleurait moins qu'il ne braillait, sanglotait et pleurnichait ; ses larmes étaient abondantes. Ses épaules tremblaient, les traits de son visage étaient brouillés, il sortait de sa poche de veste des mouchoirs qu'il pressait contre ses yeux. Les mouchoirs se sont désagrégés les uns après les autres. Des bruits et des mots étranges s'élevaient de son diaphragme. C'était un chagrin exprimé très clairement.

Je me suis dit qu'à cet instant il pleurait pour nous tous. Les autres pleuraient avec une plus grande conscience de leur environnement. Quand je lui ai parlé durant la collation qui a suivi la cérémonie, il m'a expliqué qu'avec cette disparition il s'était aperçu que dans sa vie "l'amour lui avait rendu visite et avait signé le livre d'or, mais n'avait jamais emménagé".

Il se demandait ce qui l'avait retenu d'être plus audacieux. Nous sirotions un excellent whisky irlandais, une marque qu'appréciait tout particulièrement l'homme exceptionnel qui venait de mourir. J'ai demandé à mon interlocuteur si cet homme et lui avaient été amants. Il m'a dit que oui, par intermittence, pendant de nombreuses années, mais qu'ils n'avaient jamais pris le risque de se rendre vulnérables l'un pour l'autre. Ils ne s'étaient jamais avoué leur amour. Quand il m'a demandé pourquoi mon mariage était un naufrage, sa propre sincérité m'a autorisée à m'exprimer plus librement. J'ai parlé un temps puis il a dit : "J'ai l'impression que vous seriez plus heureuse si vous trouviez une autre façon de vivre.”

La conversation que je n’ai jamais eue avec le père de mes enfants, je l’ai imaginée retrouvée un jour dans la boîte noire du navire qui avait sombré au fond de l’océan. Par un mardi pluvieux dans un avenir lointain, elle serait découverte par des formes de vie artificielle qui se réuniraient pour écouter les voix puissantes et tristes d’êtres humains en souffrance.

La meilleure décision de ma vie a été de ne pas regagner ce navire. Mais où aller ?

Trois

Épuisettes

Nous avons vendu la maison familiale. Le démantèlement et la mise en cartons de longues années passées ensemble m'ont semblé donner une drôle de forme au temps ; un flash-back sur notre départ quand j'avais neuf ans de mon pays natal, l'Afrique du Sud, et un flash-*forward* sur l'inconnu d'une vie qu'il me restait à vivre à cinquante ans. Je détricotais le foyer auquel j'avais consacré une si grande partie de mon énergie créative.

Arracher le papier peint de ce conte de fées qu'est la maison familiale où le confort et le bonheur des hommes et des enfants ont été prioritaires, c'est trouver en dessous une femme épuisée, qui ne reçoit ni remerciements ni amour et qu'on néglige. Il faut de l'habileté, du temps, de la dévotion et de l'empathie pour fonder un foyer qui fonctionne et dans lequel tout le monde se sent bien. C'est surtout un acte d'une générosité immense que d'être l'architecte du bien-être de tous les autres. Beaucoup de gens pensent encore que cette tâche revient aux femmes. Par conséquent, on utilise toutes sortes de mots pour minimiser cet effort monumental. Si l'épouse et mère a été fécondée par la société, elle joue le rôle de l'épouse et de la mère pour tout le monde. Elle a construit le récit que l'antique patriarcat a tracé pour la famille nucléaire hétérosexuelle et y a bien sûr ajouté quelques ornements contemporains qui lui sont propres. Ne pas se sentir chez elle dans sa propre maison est le début du plus grand récit créé par la société et du malaise féminin. Si elle n'est pas trop abattue par le récit sociétal qu'elle incarne avec espoir, fierté, bonheur, ambivalence et rage, elle changera le récit.

Démanteler une maison familiale est comme casser une pendule. Il s'est écoulé tant de temps dans cette maison et ses différentes dimensions. Il paraît qu'un renard peut entendre le tic-tac d'une pendule à quarante mètres de distance. Il y avait une pendule accrochée au mur de notre cuisine, à moins de quarante mètres du jardin. Les renards ont dû percevoir le bruit de ses aiguilles pendant plus d'une décennie. Elle était désormais emballée, rangée dans un carton, posée sur son cadran.

Ma gentille voisine m'a vue debout dans le jardin tandis que les portes du camion de déménagement claquaient et que le chauffeur démarrait. Elle a voulu savoir si j'avais besoin de me reposer. Je me suis allongée une heure sur son canapé. J'allais partir quand elle m'a demandé : "Qu'est-ce que c'est, ça ?" Elle désignait les épuisettes d'enfants de mes filles que je n'avais pas empaquetées avec le reste. L'une était jaune, l'autre bleue, encore couvertes de grains de sable. Les filles avaient utilisé ces épuisettes pour attraper de petits poissons pendant des vacances en bord de mer, de l'eau jusqu'aux genoux, attendant que quelque chose d'incroyable vienne à elle. Les épuisettes, d'un mètre cinquante de haut, étaient à cet instant appuyées rêveusement contre la baie vitrée victorienne de ma voisine.

Leur père et moi nous sommes mis d'accord pour vivre séparément tout en restant dans la vie de nos enfants. Les seuls foyers qui existent sont ceux où l'on s'aime et ceux où l'on ne s'aime pas. C'est le récit patriarcal qui a été brisé. Mais la plupart des enfants qui ont grandi avec cette histoire auront des difficultés, comme tout le monde, pour en écrire une autre.

Quatre

Vivre dans du jaune

> Au cours de mes déplacements, je me reconnaissais, soir après soir, dans l'idée euphorisante d'une déstructuration généralisée allant de pair avec une nouvelle recomposition.
>
> Elena Ferrante,
> *L'Enfant perdue* (2018)

En novembre, j'ai emménagé avec mes filles dans un appartement au sixième étage d'un grand immeuble délabré bâti au sommet d'une colline dans le nord de Londres. Un *programme de réhabilitation* était soi-disant prévu, mais rien n'a vraiment démarré. Trois ans après notre installation, le sol des couloirs étaient encore couvert d'une protection plastique grise. L'impossibilité de réparer et rénover un vieil immeuble semblait tristement pertinente en cette période de désintégration et de rupture. Le processus de restauration pour redonner vie à ce qui existait avant, ici, un immeuble de style Art Déco qui tombait en ruine, n'était pas la bonne métaphore pour ce moment de ma vie.

Je ne voulais pas restaurer le passé. Ce dont j'avais besoin, c'était une construction toute neuve.

L'hiver a été glacial. Le chauffage central ne fonctionnait plus. Il n'y avait donc ni chauffage ni eau chaude, et parfois il n'y avait pas non plus d'eau froide. Je faisais tourner trois radiateurs halogènes et stockais douze grandes bouteilles d'eau minérale sous l'évier. Les coupures rendaient impossible de tirer la chasse d'eau. Un anonyme avait laissé ce mot sur la porte de l'ascenseur : *À L'AIDE. Aidez-nous s'il vous plaît. Il fait un froid de loup dans les appartements, c'est insupportable, est-ce que quelqu'un pourrait FAIRE quelque chose ?* Mon aînée, qui venait d'entamer sa première année de fac, a plaisanté en disant que la vie d'étudiante, c'était le grand luxe, à côté. Pendant les quelques semaines qui ont suivi son départ, je me réveillais au petit matin avec l'impression désagréable que quelque chose n'allait pas. Où était ma fille aînée ? Et puis ça me revenait, et je savais qu'ensemble nous débutions une nouvelle vie.

Il était vain de vouloir faire rentrer une ancienne vie dans une nouvelle. L'ancien frigo était trop gros pour la nouvelle cuisine, le canapé trop grand pour le salon, les lits inadaptés aux chambres. La plupart de mes livres étaient dans des cartons remisés au garage avec le reste des affaires de la maison. Plus problématique, je n'avais plus de bureau alors que je n'avais jamais eu autant de travail de ma vie. J'écrivais partout où je pouvais et me concentrais pour offrir un foyer à mes filles. Je pourrais dire que je me suis davantage sacrifiée pendant ces années-là que durant mes années de famille nucléaire. Cependant, créer ce foyer, cet espace pour une mère et ses filles, a été une telle leçon d'humilité, une expérience si dure, profonde et intéressante qu'à ma plus grande surprise j'ai découvert que je travaillais très bien au milieu du chaos.

J'avais les idées claires, j'étais lucide ; l'installation en haut de la colline et la nouvelle situation avaient libéré quelque chose jusque-là enfermé et étouffé. J'ai gagné en vigueur à cinquante ans, à un âge où mes os étaient censés se fragiliser. J'avais de l'énergie parce que je n'avais pas d'autre choix que d'en avoir. Je devais écrire pour subvenir aux besoins de mes enfants et je devais gérer moi-même toutes les difficultés. La liberté n'est jamais libre. Quiconque s'est battu pour être libre sait ce qu'il en coûte.

J'ai récupéré deux énormes jardinières en pierre de la maison familiale, que j'ai déposées sur le balcon de ma chambre. Ce balcon faisait la taille d'une table de cuisine longue et étroite. Il n'y avait la place que pour un tout petit guéridon de jardin et deux chaises. Les jardinières ressemblaient à des paquebots amarrés dans un minuscule étang. Elles ne convenaient pas à cet endroit. Ne convenaient pas non plus à cette nouvelle vie dans les nuages avec vue sur Londres. Dans les années 1970, les murs sinistres des couloirs avaient été repeints dans un gris moucheté qui, j'imagine, était assorti à la protection plastique grise posée sur la moquette galeuse de couleur verte. Ces couloirs étaient éclairés jour et nuit, offrant un crépuscule perpétuel et lugubre. Par moments, ils avaient un petit air amniotique, psychédélique. Comme s'ils flottaient dans une membrane grise. Pour mes amis, ils semblaient tout droit sortis de *Shining*.

J'ai commencé à les appeler “les Couloirs de l'Amour”.

Toute personne effectuant une livraison à l'appartement pour la première fois (l'immeuble comprenait plus d'une centaine de logements) affichait une expression légèrement paniquée et désorientée quand j'ouvrais la porte. En plissant à moitié les yeux, on pouvait se convaincre que ces couloirs étaient une version de la résidence de Don Draper dans *Mad Men* – après le passage d'une catastrophe sans gravité. Peut-être pas un tremblement de terre, mais une secousse qui permettraient aux nouveaux locataires de l'immeuble d'avoir un aperçu de l'ancien temps.

Pourtant, une fois à l'intérieur, l'appartement était beaucoup plus lumineux et aéré que notre maison victorienne. Nous vivions dans le ciel du matin au soir, ses brumes argentées, ses nuages filants et ses lunes changeantes.

Certaines nuits, les étoiles lointaines semblaient très proches quand j'écrivais sur mon minuscule balcon, emmitouflée dans un manteau. J'avais échangé le bureau tapissé de livres de mon ancienne vie contre une nuit d'hiver étoilée. Pour la première fois, j'appréciais l'hiver britannique.

On m'avait offert deux petits framboisiers en fleur et ils aimaient vivre sur le balcon. Comment cette plante verte arrivait-elle à produire des fruits en novembre ? Apparemment, elle existait déjà avant l'âge de glace alors peut-être qu'elle aimait le froid. Il y avait des nuits où j'écrivais dans ma chambre comme une étudiante, moins la bière, les joints et les chips. Dans ma vie d'avant, j'avais l'habitude d'écrire tôt le matin, mais désormais, j'étais autant du matin que du soir. Je ne sais pas trop ce qui est arrivé à mon sommeil durant cette période. Après toutes les corvées effectuées, c'était un choc de réfléchir à la cadence d'une seule et unique phrase. Trois jours après le déménagement, quelques heures avant l'aube, une abeille géante et somnolente s'est posée sur l'écran de mon ordinateur. Au même moment, j'ai entendu un bourdonnement autour de l'ampoule de ma lampe. J'ai levé les yeux, il y avait cinq abeilles dans ma chambre, plus énergiques que la tsarine dodue qui sommeillait sur mon écran. Ma vie est traversée de rencontres avec des abeilles et je me suis souvent demandé pourquoi les héros et héroïnes de contes de fées qui se déroulent dans des bois et des forêts ne se font quasiment jamais mordre ni piquer par des insectes. Quand le Petit Chaperon rouge traverse la forêt de bouleaux et d'épicéas pour apporter la galette à sa grand-mère, il devrait avoir les tibias dévorés par les moustiques bien avant que le loup ne menace de le manger. Et qu'en est-il des fourmis, des araignées, des tiques et des taons dont la petite fille et nous-mêmes partageons l'environnement ? D'où venaient-elles, ces abeilles de l'hiver londonien ? Peut-être avaient-elles d'abord rendu visite aux framboisiers. Je trouvais de bon augure que les abeilles soient heureuses de vivre avec moi, dans le bonheur et le malheur. Comment allais-je vivre avec elles ? J'ai éteint la lampe, puis mon ordinateur, et j'ai quitté la pièce. Alors que je m'allongeais sur le canapé du salon où douze cartons encore fermés étaient empilés contre les murs, un poème d'Emily Dickinson m'est revenu en mémoire. Je pourrais dire qu'il a surgi de nulle part pour voler jusqu'à mon esprit, mais nulle part, ça n'existe pas. Tous les livres d'Emily Dickinson prenaient l'humidité dans les cartons qui moisissaient dans le garage. Je pensais à eux.

La gloire est une abeille —
Elle chante —
Elle pique —
Et hélas, elle s'envole !

Je regrettais qu'Emily Dickinson se soit envolée avant d'avoir connu la gloire. Je savais ce que ça faisait d'être sous-estimée et combien, ainsi qu'elle nous le disait, l'espoir est cette chose qui porte un costume de plumes et inlassablement chante malgré le découragement et la négligence. Emily Dickinson avait vécu en recluse. Peut-être se punissait-elle d'avoir cherché à se libérer, d'avoir cherché à s'opposer à la domination ? Un autre de ses poèmes m'est venu de ce nulle part qui est toujours quelque part, et dedans il y avait le mot *mariée*. Je ne me suis souvenue que du premier vers :

Je suis "mariée" – j'en ai fini avec ça —

Je me suis demandé avec quoi elle en avait fini et puis je me suis endormie avec mon jean et mes bottes, comme une cowgirl, sauf que ma prairie, c'était le ciel.

Cet hiver-là, ma fille et moi aimions manger des oranges au petit déjeuner. Nous pelions puis découpions les fruits la veille au soir et réalisions du sirop avec de l'eau et du miel avant de tout mettre au frigo. Nous avons continué nos expérimentations, ajoutant des graines de cardamome et de l'eau de rose, pour finalement décider que cela revenait à manger des fleurs trop tôt le matin. Ce qui aurait plu aux abeilles, mais nous voulions éviter qu'elles prennent l'appartement d'assaut. J'avais acheté une de ces horloges qui émettent un chant d'oiseau différent à chaque heure. Le matin, à sept heures, le roitelet appelait les vrais oiseaux qui chantaient dans les arbres sombres de l'hiver. À seize heures, l'obscurité était à nouveau tombée quand le pic épeiche commençait à tambouriner et frapper du bec. En rentrant à la maison le soir, depuis les gris Couloirs de l'Amour, j'entendais parfois le rossignol.

Ma fille aînée partie à l'université, nous étions passés d'une famille de quatre à une famille de deux. Ça n'était pas évident de s'habituer à la table vide et à l'absence de cris. J'ai donc emprunté une famille de ma connaissance qui vivait au bout de la rue et presque tous les dimanches je l'invitais à venir déjeuner. Ainsi, nous nous retrouvions à six et notre minuscule famille s'agrandissait, était plus bruyante. Ils étaient intelligents, ces gens du bout de la rue. Ils savaient que je voulais élargir ma propre famille, mais ils ne m'en ont jamais parlé, pas même tout bas sur le ton de la conspiration. Ils arrivaient de bonne ou de mauvaise humeur, selon qui n'arrivait plus à mettre la main sur ses baskets, les clés de la maison ou le téléphone portable. Le déjeuner s'étirait, le vin coulait à flots et ils se moquaient de mon horloge aux oiseaux. À leur arrivée à treize heures, ils avaient droit à la sérénade du pinson. Et la chouette effraie hululait au moment de leur départ.

Quand je n'étais pas occupée à écrire, enseigner ou défaire des cartons, je consacrais toute mon énergie aux canalisations bouchées sous le lavabo de la salle de bains. Ce qui impliquait de dévisser les différentes parties de l'installation, placer un seau sous les tuyaux et ne pas savoir quoi faire ensuite. J'avais emprunté une mystérieuse machine au cardiologue qui vivait en bas. Elle ressemblait à un aspirateur sauf qu'elle possédait des câbles à insérer dans la tuyauterie. C'était un matin et je portais une veste de facteur à l'ancienne par-dessus ma chemise de nuit. Porter une veste de facteur bleue pour mes activités de plomberie n'était pas un choix délibéré, il se trouvait simplement que ladite veste était accrochée dans la salle de bains et qu'elle me tenait chaud. Le contraste entre le coton de travail épais et le tissu fin de la chemise de nuit semblait bien résumer la situation, mais je n'étais pas sûre que cela aboutisse à une conclusion très nette. Maintenant que je n'étais plus mariée à la société, je me transformais en autre chose ou en quelqu'un d'autre. Quelle serait cette chose et qui serait cette personne ? Comment décrire cet étrange sentiment de dissolution et de recomposition ? Les mots sont censés ouvrir l'esprit. Quand ils le ferment, on peut être assuré que quelqu'un a été réduit à néant.

Pour m'amuser (j'étais toute seule), j'ai commencé à réfléchir à la chemise de nuit et à sa féminité en relation avec la plomberie. Celle que je portais était en soie noire et d'une sensualité que je supposais assez générique. Je pouvais la mettre pour me promener ou pour me déguiser, la féminité n'étant de toute façon qu'un déguisement. Je savais que la soie noire était un classique dans la catégorie des vêtements féminins. Pour ajouter à l'éclectisme, je portais aussi ce que mes filles surnommaient mes "chaussons de chaman". Il s'agissait de bottines en daim noir bordées d'une épaisse fausse fourrure au réalisme troublant, et agrémentées d'une touffe qui faisait comme une petite queue et battait mes chevilles tandis que je parcourais l'appartement à la recherche de ce gadget appelé Déboucheur. Les chaussons étaient un cadeau de mon meilleur ami, qui pensait que j'avais besoin d'"isolation", ainsi qu'il me l'a dit – terme qui avait peut-être à voir avec la plomberie et le fait de protéger quelque chose à nu et à vif. J'aimais ces chaussons en fourrure, leur chaleur réconfortante et leurs propriétés magiques (j'imagine que dans mes fantasmes j'avais moi-même dépecé ces animaux), et la veste de facteur semblait offrir un contrepoint à la chemise de nuit en soie noire.

J'étais l'homme. J'étais la femme.

Peut-être étais-je le chaman ?

C'était une idée que j'avais envie d'approfondir. L'homme chaman portait souvent des vêtements de femme. Ceux des temples avaient le boulot le plus intéressant. J'avais entendu dire qu'en Corée une femme chaman a le droit de porter des vêtements d'homme pour accueillir une présence masculine dans son corps. Ma veste de facteur faisait-elle l'affaire ? Le chaman voyage vers d'autres mondes, tout comme je m'étais retrouvée à voyager à l'intérieur du réseau de plomberie sous le lavabo pour voir de quelle manière il était relié aux tuyaux bouchés près de ma baignoire. Je me suis mise à avoir des fourmis dans les mains, peut-être pour me donner la force d'affronter les défis de bricolage qui m'attendaient. Ce qui est sorti des tuyaux, après bien des excavations menées par la machine mystérieuse et le Déboucheur, était un nœud épais et gluant de cheveux. La plomberie n'était pas étrangère à l'archéologie. Les cheveux était un artefact humain, repêché des profondeurs. Le Déboucheur était un bel objet fonctionnel. Quand la vidange a pu de nouveau se faire normalement, j'ai fait tournoyer la poignée de cheveux pour fêter ma victoire solitaire. J'ai commencé à penser que non seulement je serais capable de mettre au jour des vestiges romains, mais qu'en plus, je pourrais m'occuper de leur plomberie. Je savais qu'il me faudrait ma propre machine mystérieuse. Quand je lui ai rendu ses outils, le cardiologue m'a invitée à boire un verre de vin. Peut-être qu'un jour je reprendrai le risque de tomber amoureuse, mais je n'allais pas offrir mon cœur au cardiologue.

Le même jour, j'ai créé un jardin dans la salle de bains. J'ai planté un grand cactus et des succulents que j'ai placés sur l'étagère à côté de la baignoire. Ils étaient couverts d'épines, dont certaines blanches et acérées. La vapeur produite par l'eau chaude semblait les mettre dans un état de frénésie érotique parce que les succulents ont poussé à une vitesse folle.

Alors que dans mon nouveau foyer tout avait littéralement rapetissé (à part les succulents), ma vie s'est agrandie. En ces temps difficiles, j'acceptais toutes les propositions de travail que je recevais et grimaçais quand des factures atterrissaient dans la boîte aux lettres. Je me suis aperçue que ce dont j'avais besoin, c'était une quantité suffisante de bonnes choses. La lumière, le ciel et le balcon étaient de bonnes choses. Mes enfants qui se frayaient un chemin dans cette nouvelle histoire, lui donnaient forme et se l'appropriaient, qui restaient proches de leur père, tout cela était de bonnes choses. Un appartement rempli d'adolescents qui chantent à tue-tête quand ma fille cadette revient de l'école avec ses amis était une bonne chose. Ne pas avoir d'endroit calme pour écrire était une mauvaise chose. Vivre sans être entourée d'animaux était une mauvaise chose. Mais comment vivre avec un animal dans un appartement situé au sixième étage ? Nous avons parlé d'un poisson rouge pour finalement décider qu'il serait mieux dans un étang. Ma fille a dit qu'elle adopterait une souris, mais ça ne s'est pas fait. Nous avons parlé d'un perroquet, mais ça non plus, ça ne s'est pas fait. À un moment, elle a parlé de capturer un écureuil dans le parc et de le ramener à la maison.

Est-ce que ça s'est fait ? A-t-elle brossé la queue de l'animal tous les matins avant d'aller à l'école ? C'était ce qu'elle voulait, mais ça ne s'est pas fait. À la place, elle est restée dans son lit à lire *Gatsby le Magnifique*, puis elle m'a dit que F. Scott Fitzgerald n'était pas un très bon écrivain. Parfois, un animal est plus réconfortant qu'un livre.

Mon amie Gemma m'a dit : “Il faut que tu aménages ta chambre pour y travailler. Fabrique-toi un bureau. Fabrique-toi des étagères. Sors les cartons du garage et récupère tes livres. Mets de la couleur dans ton environnement.” J’ai compris qu’elle m’incitait à peindre les murs d’une couleur qui ne soit pas le blanc. “Le jaune t’irait bien, a-t-elle insisté. Ça purifie les émotions et nous fait voir les choses en plus grand.” Cette phrase m’a rappelé la fois où j’avais repeint le plafond de notre ancienne chambre à coucher dans une couleur appelée “ciel à l’anglaise”. Le plafond avait pris la teinte d’un temps couvert et maussade. Même quand il faisait beau dehors, il pleuvait à l’intérieur. De jour comme de nuit.

Pour cette nouvelle vie, je m’efforcerais de vivre dans un environnement coloré.

J’ai peint les murs de ma chambre en jaune. J’ai acheté de somptueux rideaux en soie orange dans une boutique solidaire. Au mur, j’ai accroché un bouclier africain orné de plumes de poulet teintes en rose. Il faisait plus de cinquante centimètres de large et on aurait dit une grande fleur éclose. Le bouclier était assemblé de sorte à pouvoir se replier et s’ouvrir. Cloué au mur, il restait toujours ouvert à un moment de ma vie où j’étais émotionnellement fermée. J’avais besoin d’un bouclier pour me défendre contre la rage de mon ancienne vie. Je crois pouvoir dire que j’étais protégée par une fleur.

Une de mes héroïnes est l’artiste sud-africaine de quatre-vingt-un ans Esther Mahlangu, une autodidacte qui, à l’âge de dix ans, s’est mise à peindre après avoir vu sa mère et sa grand-mère le faire avec des plumes de poulet. Sa personne même est une œuvre d'art – ses vêtements perlés, les bracelets à ses poignets et à ses chevilles, les colliers à son cou. J'aurais eu envie de lui parler, mais n'avais aucune idée de ce que je lui dirais.

Esther, je ne sais pas comment vivre dans du jaune. Je ne sais pas comment vivre dans ma vie.

Ces murs jaunes me rendaient folles. Les rideaux en soie orange me donnaient l'impression de me réveiller au milieu d'une poussée de couperose.

J'ai décroché le bouclier et ai tout repeint en blanc, à l'exception d'un mur. J'ai remplacé le bouclier par le portrait sérigraphié d'Oscar Wilde. Après quoi je me suis occupée des mites qui avaient envahi la cuisine. On les aurait crues sorties d'un roman de García Márquez, voletant tels de minuscules démons aveugles, rassasiées de la farine et des flocons d'avoine qui les avaient attirées dans mes placards.

Les mites semblaient aimer se poser sur deux photos aimantées au frigo. L'une d'elles représentait la sculptrice britannique Barbara Hepworth, âgée de soixante ans, un outil à la main, penchée sur la gigantesque sphère en bois qu'elle façonne. Elle avait fait exploser une forme pleine pour en faire une forme percée d'un trou après la naissance de son premier enfant en 1931.

Hepworth a dit de la sculpture qu'elle était "la création en trois dimensions d'une idée".

L'autre photo montrait la sculptrice Louise Bourgeois, âgée de quatre-vingt-dix ans, un outil en acier à la main, penchée sur une sphère blanche sculpturale qui lui arrive à la taille. Elle porte un chemisier en mousseline de soie sous une tunique noire, ses cheveux argentés coiffés en chignon, de petits anneaux aux oreilles. Bourgeois avait déclaré qu'elle faisait de l'art parce que ses émotions étaient plus grandes qu'elle, une affirmation pas très à la mode.

Oui, ça peut être le martyre que d'être submergée d'émotions. Au cours des derniers mois, j'avais essayé de ne plus rien ressentir. Bourgeois avait appris à coudre très jeune dans l'atelier où ses parents restauraient des tapisseries. Elle concevait l'aiguille comme un objet de réparation psychologique – et ce qu'elle voulait réparer, disait-elle, c'était le passé.

> Tous les jours on doit renoncer à son passé. Si on n'arrive pas à l'accepter, on devient sculpteur.

Proust avait développé autour de cette réflexion quelque chose qui correspondait mieux à cette phase de ma vie :

> Les idées sont des succédanés des chagrins ; au moment où ceux-ci se changent en idées, ils

> perdent une partie de leur action nocive sur notre cœur [...].

Pendant que je luttais contre les mites, les différents chagrins et le passé qui revenaient chaque jour me tourmenter, j'ai jeté un autre coup d'œil aux deux artistes fixées de travers sur le frigo. À mes yeux, la qualité singulière de leur concentration, pendant qu'elles inventaient calmement ces formes sculptées, leur octroyait une beauté infinie. Cette beauté-là était tout ce qui m'importait. En ces temps incertains, l'écriture était l'une des rares activités où je pouvais gérer l'angoisse de l'incertitude, celle de ne pas savoir ce qui allait arriver. Une idée m'est venue, s'est présentée à moi, peut-être née du chagrin, mais j'ignorais si elle survivrait à mon attention flottante, sans parler de mon attention plus soutenue. Déployer des idées à travers toutes les dimensions du temps est la grande aventure d'une vie passée à écrire. Sauf que je n'avais nulle part où écrire.

Cinq

Gravité

Celia est venue à la rescousse. C'est une actrice et libraire de plus de quatre-vingts ans. Un soir de fin janvier dans sa cuisine, elle m'a chanté quelque chose en gallois. Je lui ai dit que je ne parlais pas cette langue.

"C'est normal, je suis née au pays de Galles et toi, non, mais pendant que je chantais je me disais que tu avais besoin d'un endroit où écrire."

Elle a désigné le cabanon au fond de son jardin. Il était arrivé à son mari défunt, le grand poète Adrian Mitchell, d'y écrire au printemps et en été. Le cabanon avait été construit sous un pommier. En moins de trois secondes, j'ai accepté de le lui louer. Celia savait que je devais subvenir aux besoins "de toute une petite communauté", selon ses mots, alors nous avons passé un accord raisonnable autour d'un verre de rhum Havana Club qu'elle aimait particulièrement et buvait mélangé à du Coca-Cola. Chaque fois qu'elle prenait un Havana Club, elle portait un toast au miraculeux taux d'alphabétisation cubain. "Au fait, m'a-t-elle dit, la prochaine fois que la chaudière fera des siennes chez toi, viens plutôt prendre un bain chaud ici."

Tout le monde devrait avoir un ange gardien comme Celia.

Ça n'était pas un cabanon de luxe. La tondeuse s'y serait sentie très à l'aise, mais elle possédait néanmoins quatre fenêtres qui donnaient sur le jardin, un bureau à garniture en cuir qui avait appartenu à Adrian, ainsi que des étagères en Formica fixées au mur du fond. J'allais aussi devoir vivre avec les cendres du golden retriever connu de bien des lecteurs d'Adrian sous le nom de Daisy, Chienne de la Paix.

Celia m'a prévenue : "Tu peux mettre tous les livres que tu veux sur ces étagères, mais je ne bouge pas Daisy de place." En fait, elle avait adopté une chienne borgne trouvée dans un refuge. Ce petit chien de meute aboyait férocement chaque fois que j'entrais dans la maison. Celia, qui avait toujours été pacifiste, a commencé à se demander si je ne devrais pas m'armer d'un pistolet à eau pour la tenir à distance. Elle a acheté un lot de trois pistolets en plastique au bazar du coin, mais j'ai préféré emprunter la porte du jardin sur le côté de la maison pour rejoindre le cabanon. Celia, comprenant que je pourrais passer écrire à toute heure du jour et de la nuit, m'a présentée à ses amis comme La Femme tapie dans le Jardin.

Tant qu'elle serait là, personne n'aurait autorisation de m'interrompre ; ni pour faire la conversation (météo, nouvelles, un gâteau tout juste servi) ni même pour transmettre un message urgent à la Maîtresse de Maison. Se voir respectée et valorisée de la sorte, comme s'il n'y avait rien de plus naturel au monde, était nouveau pour moi. Je l'ignorais encore, mais j'allais écrire trois livres dans ce cabanon, dont celui que vous êtes en train de lire. C'est là que j'ai commencé à écrire à la première personne, à recourir à un *Je* qui m'est proche sans être moi pour autant.

Mon ange gardien, qui était virulent et aimait hurler sur tout le monde – quand elle ne s'égosillait pas dans une manifestation pour sauver le système de santé public – a insisté pour que son congélateur *de renfort* reste dans le cabanon. Il y a eu des périodes où ce congélateur qui m'arrivait à la taille n'accueillait qu'une vingtaine de barquettes en plastique remplies de quartiers de pommes ramassées à l'automne. Un des plaisirs de Celia était de pouvoir faire des crumbles à la pomme toute l'année avec Myvy, la Chienne de Guerre borgne, appuyée contre ses chevilles dans un état de totale dévotion. Je n'aurais pas été surprise si cette chienne au poil hirsute s'était mise à chanter en gallois.

J'ai raconté à Celia que Freud avait été intrigué de constater que dans les rêves ses patients qui se donnaient le plus de mal pour apparaître rationnels étaient les plus heureux quand un chien récitait un vers d'un poème. Elle a répondu que si Myvy devait dire de la poésie un jour, ce serait celle d'Adrian. Apparemment, Myvy était le diminutif de Myfanwy, qui signifie Très Chère, mais aussi Ma Seule et Unique, Femme de ma vie ou Mon Amour. J'ai pensé que mieux valait ne pas remettre Freud sur la table tant qu'elle tenait un couteau à la main.

> Les chiens aiment leurs amis et mordent leurs ennemis, à la différence des êtres humains, qui sont incapables d'amour pur et ne peuvent s'empêcher de mélanger l'amour et la haine dans leurs relations mutuelles.

Plus tard, au cours de mon premier automne dans le cabanon, des pommes sont venues s'écraser sur le toit. Un bruit explosif. J'ai mieux compris pourquoi Newton est parvenu à sa loi sur la gravitation en observant l'irrévocabilité avec laquelle tombe une pomme. Une pomme qui tombe lentement, ça n'existe pas.

Le jour où j'ai emménagé dans le cabanon, il neigeait. Un souffle froid s'échappait du congélateur. Il y avait des toiles d'araignée sur le toit, de la poussière partout, des feuilles et de la boue par terre. Comment allais-je le transformer en espace vivable où écrire en hiver ? Écrire un roman exige de passer beaucoup d'heures assis sans bouger, comme lors d'un vol long-courrier dont on connaîtrait plus ou moins le trajet, mais pas la destination finale. J'ai recouvert le fauteuil de mes deux peaux de mouton. Petite ambiance âge de pierre. J'ai installé mon ordinateur portable, vérifié où étaient les prises et apporté des rallonges. Pendant que la neige tombait sur le pommier, je me suis assise par terre pour démêler les câbles et ranger les cartons contenant mes livres et mes carnets. Je me suis demandé quoi faire de tout le papier qui accompagne un écrivain de ma génération. Il y avait des pièces de théâtre et des scénarios, des poèmes, des nouvelles, des livrets d'opéra, des bouts de romans écrits sur différents supports technologiques – machine à écrire mécanique, machine à écrire électrique, premiers ordinateurs. Certains de mes carnets remontaient à 1985. L'un d'eux comportait une longue tirade griffonnée quand j'avais vingt-six ans et qui recourait au pronom *ça*.

> Ça commence par le fait de savoir et de ne pas savoir ce qu'est un verre de lait, la pluie, un reproche, une porte claquée, les mots cinglants d'une mère, un escargot, un souhait, des ongles

rongés, une fenêtre ouverte. Parfois c'est facile et parfois c'est insupportable.

Qu'est-ce donc que ce *ça* ? Je ne sais pas. Mais le verre de lait fournit un indice. Il s'agit peut-être des débuts d'un roman que j'écrirais plus tard dans le cabanon et que j'intitulerais *Hot Milk*, lait chaud. Deux carnets racontaient ma rencontre avec l'homme que j'allais épouser et ma certitude que nous étions faits l'un pour l'autre. À l'époque, il m'était impensable de vivre sans lui. En relisant ces carnets, j'ai réalisé que nous n'avions presque pas eu de vie commune avant d'avoir des enfants. Un an après le début de notre idylle, nous emménagions ensemble et je tombais enceinte. Une nouvelle qui nous avait rendus heureux. Nous avions planté du gazon dans le petit jardin de la maison que nous louions afin d'avoir une pelouse pour la naissance de notre première fille.

Pendant ce temps, j'ai dû déployer des trésors d'ingéniosité pour chauffer l'appartement sur la colline quand les chaudières des années 1930 ont refusé de coopérer avec le XXIe siècle ; il m'a aussi fallu chauffer le cabanon. Bien sûr, j'ai voulu y installer un poêle (qu'allais-je faire du congélateur ?) et vivre une vie d'écrivain romantique – celle de Lord Byron, de préférence – passée à écrire de la poésie, vêtue d'une veste de smoking en velours, et à attendre que l'inspiration m'emporte tandis que le bois parfumé crépitait et craquait, etc. Hélas, en ces temps d'austérité financière, ça ne s'est pas fait, mais comme l'a remarqué Celia : "Regarder danser des flammes n'aide pas à noircir la page, de toute façon." Je voyais où elle voulait en venir. Une vie d'écrivain est surtout une question d'endurance. Pour atteindre la ligne d'arrivée, il faut que ce que l'on écrit soit plus intéressant que notre quotidien, et un feu de bois, comme notre quotidien, est ennuyeux.

J'ai eu beaucoup de chance que Celia s'inquiète des températures arctiques et s'achète un radiateur portable au gaz en forme de poêle provençal. Il était en grosse fonte et pesait un âne mort, la bouteille de gaz discrètement cachée à l'intérieur. J'imagine qu'il était censé ressembler à un vieux poêle de ferme du XIXe siècle. Il tournait à plein régime dans la cuisine en même temps que le chauffage central. Quand elle s'est mise à déjeuner en short et t-shirt et à ne plus avoir la force ni l'énergie de hurler contre qui que ce soit, Celia a compris qu'il serait mieux dans le cabanon. Il était malcommode et potentiellement dangereux pour un petit cabanon, sans parler du congélo qui vrombissait à côté. Au début, j'ai envisagé de faire expédier l'imposteur provençal dans mon appartement en haut de la colline, mais la chaudière était en cours de réparation.

Le climat à l'intérieur du cabanon s'est rapproché de celui d'une humide station balnéaire sous les tropiques. J'ai acheté une thermos pour le thé que je sirotais tout au long de la journée tandis que les flammes bleues vacillaient dans le poêle et que la neige tombait sur le pommier. Écrire me plaisait parce que c'était une invitation à se glisser sous la réalité apparente des choses, à voir non seulement l'arbre mais aussi les insectes qui vivaient dans son infrastructure, à découvrir que tout est connecté dans l'écologie du langage et de la vie. "Écologie" est un mot d'origine grecque qui signifie "maison" ou "relations entre vivants". Il ne nous faut pas plus de trois mois de vie pour apprendre que nous sommes tous connectés à la cruauté et à la gentillesse des autres.

L'élégant poêle m'a rappelé les radiateurs hideux qu'on utilisait pour chauffer les salles de répétition traversées de courants d'air à l'époque où j'écrivais pour le théâtre. Nous répétions pendant des heures, fumions comme des pompiers, buvions du café soluble, puis nous rentrions chez nous d'un pas trébuchant à la nuit tombée, saisis d'un mal de crâne fulgurant. Durant la répétition de ma pièce *Macbeth False Memories*, nous avions un radiateur au gaz antédiluvien mais très efficace. Le metteur en scène a fait réciter au moins douze fois un monologue à l'interprète principal. Il jouait un chef d'entreprise italien appelé Lavelli, avatar des nombreux thèmes que je reprendrais dans ma fiction. La boîte de Lavelli s'occupe de détecter les faux billets et les cartes de crédit frauduleuses. Plus tard dans la pièce, il est assassiné par Bennet, son collègue handicapé des émotions.

Lavelli : Monsieur Bennet, montrez-moi une carte de crédit et je vous dirai en quelques secondes si c'est une fausse. L'artiste peut reprendre son tableau cinquante fois, mais le faussaire, s'il est bon, ne reprend son imitation que deux fois. Il doit peindre *à la manière de l'original.* Et j'ai un certain respect pour lui. Ceux d'entre nous qui ne peuvent pas imiter manquent d'imagination. Impossible de voir plus loin que notre façon de faire... nous sommes de vilains petits nationalistes. L'étranger, celui qui vient d'ailleurs, lui aussi doit apprendre à devenir son propre faussaire. Il doit imiter la culture d'accueil. Nous sommes censés valoriser l'originalité, mais en fait, nous voulons tous nous ressembler. Même nos différences, nous voulons qu'elles soient identiques. Vous me suivez, Bennet ?

Bennet : Euh, oui.

Le temps d'arriver au "Euh oui" de Bennet, tous ceux qui se trouvaient dans la salle de répétition avaient été plus ou moins asphyxiés par les émanations de gaz. J'avais découvert qu'un acteur pouvait faire passer beaucoup de choses avec seulement deux mots. Lavelli était un vrai filou, malin et réfléchi, un homme à l'aise avec les mots. Il tourmentait Bennet qui, ainsi que le savaient les spectateurs, était complètement dépassé.

Mon cabanon était tranquille, silencieux et sombre. J'avais renoncé à la vie que je m'étais imaginée et je crois que pour ma part, c'était à peu près tous les jours que j'étais dépassée. Difficile d'écrire et d'être ouverte aux choses quand la vie est dure, mais tout garder hors de soi signifie qu'on n'a plus rien avec quoi travailler. J'avais décidé d'emporter dix livres essentiels dans le cabanon, dont la poésie d'Apollinaire, d'Éluard, de Plath et d'Emily Dickinson (son esprit ayant volé jusqu'à moi dans la nuit, via les abeilles), un livre d'anatomie et un autre de Robert Graves sur la mythologie. Mes étagères étaient donc clairsemées, mais je n'avais pas envie de recréer une version de mon ancien bureau bien ordonné dans le cabanon poussiéreux.

Était-ce un cabanon ou bien une hutte ? Le philosophe Martin Heidegger appelait son cabanon *die Hütte*. Je l'ai cherchée sur Google et j'ai regardé une photo de lui en pleine réflexion, assis sur un banc dans sa hutte de trois pièces. Elle se trouvait au milieu des montagnes de la Forêt-Noire, dans le sud de l'Allemagne. Sa femme, Elfride Heidegger, une ancienne étudiante en économie, était penchée au-dessus de deux casseroles posées sur la cuisinière. Ils avaient l'air malheureux, gris et graves. Apparemment, Heidegger a écrit beaucoup de ses plus grands livres dans la hutte, notamment *Être et temps*, publié en 1927. Ce dernier faisait aussi partie des textes emportés dans le cabanon. J'avais tracé au feutre rouge un crochet devant cette phrase : "Chacun est l'autre et nul n'est lui-même." Euh. Oui. D'une certaine façon, c'est ce que Lavelli essayait d'expliquer à Bennet dans mon premier jet. Chaque fois que je lisais Heidegger dans ma hutte, je m'apercevais que j'étais Bennet.

À la fin de la journée, je me lançais dans la longue remontée de l'une des collines les plus hautes de Londres afin de préparer le dîner de ma fille. Parfois, je reprenais mon souffle au portail du cimetière local. Ce chemin dans le noir était si long. La nuit sentait la mousse et le marbre mouillé des tombes. Je ne me sentais ni en sécurité ni en danger, mais quelque part entre les deux, dans un espace liminal, passant d'une vie à l'autre.

Six

Le corps électrique

J'ai acheté un vélo électrique pour gravir la colline. Il était lourd, ce vélo-tank, mais avec le vent dans le dos, je pouvais dépasser une mobylette. Mon vélo électrique était la meilleure chose qui me soit arrivée depuis longtemps. Je pouvais filer d'un endroit à l'autre en un rien de temps. Je roulais vite. J'insultais les automobilistes et leur hurlais dessus quand ils ouvraient leur portière et me faisaient tomber par terre. J'étais prise de rage routière. Car oui, j'avais gagné un diplôme en rage routière sur mon vélo électrique. Ou, plus exactement, l'énorme quantité de rage accumulée dans mon ancienne vie s'exprimait sur la route. Je remontais la colline avec de lourds sacs de courses et une cagette de fruits chargés sur le porte-bagages. Grâce à mon vélo électrique, j'avais un peu l'impression de faire un micro-séjour loin de la mélancolie de ces derniers mois. En descendant l'interminable Holloway Road à toute allure, je ne sais pas pourquoi, le ruban d'asphalte me rappelait la mer Adriatique à Trieste, sombre et maussade. Peut-être pressentais-je quelque danger tapi là-dessous, mais je me disais que le naufrage avait déjà eu lieu quand le navire de mon mariage s'était fracassé contre les récifs, et que de toute façon, mieux valait arrêter d'y penser et se concentrer sur l'idée que Holloway Road, avec ses couloirs de bus et ses embouteillages, pouvait aussi être la mer Adriatique.

En général, j'attachais mon vélo au fond du parking de mon immeuble décrépi. C'est là que les autres résidents garaient leur moto. Les jours où j'avais beaucoup de courses, je le laissais derrière un arbre à l'avant du parking le temps de le décharger. Puis j'allais déposer les sacs dans l'entrée à côté de l'ascenseur. Après quoi je retournais au fond du parking, attachais mon vélo et montais au sixième par l'ascenseur avec mes courses. Une voisine d'âge moyen appelée Jean me serinait que je ne pouvais pas me garer à l'avant du parking.

Pas même derrière un arbre. Pas même deux minutes. Elle avait une voix douce, aiguë. Celle d'un loup qui déguise son ton dur et féroce pour que les brebis lui ouvrent leur porte et qu'il puisse les manger. Où était leur mère ? Sans doute au travail pour gagner sa vie. Jean s'était donné pour mission de se tenir à côté de mon vélo, vêtue de son gilet bariolé, uniquement les jours où je déchargeais mes courses. La voici, appuyée contre le guidon, sourire aux lèvres pendant qu'elle disait des méchancetés de sa voix douce. Jean avait à cœur de me faire comprendre que c'était la tristesse et non la colère qui la poussait à me compliquer un peu plus la vie.

Une fois, alors que je déchargeais à toute vitesse, Jean a surgi de derrière l'arbre comme dans une comédie des studios Ealing. “Oh, mais que vous êtes pressée, a-t-elle dit. Tout le temps débordée débordée débordée.”

Jean avait trop de temps à tuer. Elle avait le bonheur hystérique quand j'avais le malheur placide. Alors qu'elle était plantée là à me regarder monter mes six sacs, le collier de perles que j'avais au cou s'est cassé et les perles, en tombant par terre, ont rebondi vers les grosses chaussures de Jean.

“Mon Dieu ! s'est-elle écriée, ses lèvres s'entrouvrant pour dévoiler une abondance de petites dents blanches. Le mardi n'est vraiment pas votre jour, n'est-ce pas ?”

Un mardi, il y a quelques années, je suis allée au cinéma avec le père de mes enfants voir *A.I. Intelligence artificielle*, le film de Steven Spielberg. Nous étions côte à côte dans le noir, proches, mais séparés. Le film raconte l'histoire d'un robot fabriqué en laboratoire et programmé pour aimer. Sa mère adoptive prend peur face à l'affection de son fils robot et l'abandonne dans les bois. Des milliers d'années plus tard, le garçon robot est découvert au fond de l'océan gelé par des créatures sublimes et merveilleuses qui sont des intelligences artificielles. Leur corps est grand et mince, similaire aux silhouettes des premières peintures rupestres, et elles montrent beaucoup de respect au garçon robot. Elles s'aperçoivent qu'il est leur dernier lien avec l'humanité puisque c'est un homme qui l'a programmé. En voyant ce film, j'ai su que notre mariage était terminé. Nous aussi, nous devions retrouver le garçon robot parce qu'il était programmé pour aimer. Il avait en lui quelque chose que nous avions besoin d'avoir en nous.

"Vous avez raison, ai-je dit à Jean, le mardi n'est pas mon jour."

Quand j'ai parlé de Jean à Celia, celle-ci a déclaré : "La prochaine fois qu'elle t'embête, dis-lui que tu ne te fais plus toute jeune." Ces mots m'ont un peu choquée. En sortant de sa cuisine ce soir-là après notre petit verre traditionnel du meilleur Havana Club, je l'ai entendue murmurer à l'un de ses amis : "Je ne comprends pas pourquoi elle porte des perles pour écrire dans ce vieux cabanon poussiéreux." Mon meilleur ami, sur le point de convoler pour la troisième fois, ne comprenait pas pourquoi je ne disais pas à Jean d'aller se faire foutre. Je lui ai demandé ce qu'il allait porter à son troisième mariage. Apparemment, il était tenté de faire une folie et d'acheter la veste jaune vif qu'il avait remarquée dans une boutique de Carnaby Street.

"Quoi que tu fasses, ai-je dit, méfie-toi du jaune.

— Peut-être que je demanderai plutôt à *ma femme* ce qu'elle en pense. Au fait, comment ça va ? Est-ce qu'ils ont enfin refait les Couloirs de l'Amour ?

— Non, les couloirs attendent toujours d'être rénovés. À part ça, je profite de chaque journée. Je n'ai pas une minute à moi, entre les filles et leurs amis. Ça crie de tous les côtés, le climat est à la tempête hormonale, les portes claquent régulièrement et je croule sous les factures. Au fait, est-ce que ta nouvelle femme a un prénom ?

— *Tu* sais très bien qu'elle s'appelle Nadia."

Il nous a préparé une omelette et, en bon fanatique du mariage, il a voulu savoir pourquoi je n'avais pas regagné le navire du mien.

"À quoi bon rejoindre un navire qui va de toute façon couler ?

— Ça offre une protection symbolique", a-t-il rétorqué en regardant l'alliance en or qu'il avait au doigt à travers les dents de sa fourchette.

Quand Jean m'a de nouveau arrêtée sur mon vélo, je lui ai adressé un sourire franc.

“Vous savez, ces courses sont très lourdes à porter depuis le fond du parking et je ne me fais plus toute jeune.” Je n'en revenais pas d'avoir prononcé ces mots sur ce ton plaisant et compréhensif. Jean a cligné des yeux et a avalé mentalement cinq autres pots de miel. Puis elle a dit : “Mais si vous êtes à ce point débordée débordée débordée, vous n'avez pas pensé à vous faire livrer par le supermarché ?”

Quelque chose me retenait de me faire livrer. Remonter mes courses jusqu'au sommet de la colline sur mon vélo était une tannée, mais j'aimais cette tannée. Je voulais pouvoir choisir mon poisson, mes fines herbes et mes légumes d'hiver, et puis j'étais fière d'un savoir hérité de mon père et par lequel je pouvais reconnaître le degré de maturité de certains fruits, comme les melons ou les papayes. Pour cela, m'avait-il expliqué, il fallait presser du bout des doigts chaque extrémité du fruit, très légèrement pour ne pas l'abîmer, et s'il était mûr, les extrémités devaient avoir la texture d'un lobe d'oreille *ferme*. Ça ne ratait jamais. Non, je refusais que mes fruits soient livrés par une camionnette frigorifique. Pouvais-je demander au livreur de comparer les fruits achetés en ligne à une oreille humaine ?

Les mots “je ne me fais plus toute jeune” avaient calmé Jean. Mais une part de moi se demandait s’il aurait été *calmant* de lui expliquer que j’avais une vie professionnelle et maternelle très remplie en plus d’une vie de plombière à temps partiel. Qu’est-ce qui, chez Jean, avait besoin d’être calmé ? Pourquoi tous ces sourires forcés ? À croire qu’elle avait honte de vivre seule et reportait un pan de sa honte sur moi. Si elle était sortie à contrecœur du récit sociétal qui lui offrait une protection symbolique, comment se protégerait-elle ? Les journaux qu’elle lisait tous les jours n’avaient aucun respect pour elle, ils la détestaient, même, mais elle était accro à cette haine.

À quoi sert une femme ? Qu’est-ce qu’une femme devrait être ? Qu’avais-je besoin d’être pour Jean ? Ou de ne pas être ? C’était une question que je n’avais pas le temps de lui poser. Ainsi qu’elle me l’avait dit, avec davantage de colère que de tristesse, j’étais débordée parce que je devais gagner ma vie, y compris le mardi qui n’est pourtant pas mon jour.

Mon vélo électrique est devenu mon obsession. J’étais *en roue libre.* Un soir, j’ai roulé jusqu’à une fête à plus de trente kilomètres de la maison. J’ai filé sur les routes, ma robe soulevée par le vent derrière moi. C’était difficile de ne pas crier de joie. Peut-être que mes enfants et mon vélo électrique étaient mon seul bonheur. Quand je suis arrivée à la fête, un grand homme aux cheveux blancs m'a abordée. Il m'a raconté qu'il écrivait des biographies de militaires, plus particulièrement ceux de la Première Guerre mondiale, et m'a demandé de lui passer un canapé.

Je dénouais les lacets de mes baskets pour enfiler les chaussures plus glamour que j'avais apportées, et je n'ai pas répondu à sa demande, même si récupérer un canapé sur un plateau en argent était une partie de plaisir, comparé aux corvées que je m'étais coltinée ces derniers temps.

Il était grand et mince, devait approcher les soixante-dix ans et semblait rechercher ma compagnie. Il a parlé de ses livres un moment et m'a dit que sa femme (sans nom) était restée à la maison parce qu'elle ne se sentait pas bien. Il ne m'a pas posé une seule question, n'a même pas demandé comment je m'appelais. Apparemment, il avait besoin d'avoir une femme ravissante et dévouée à ses côtés pour aller lui chercher ses canapés, une femme qui comprenait qu'il était au centre de tout. À cause de ses cheveux et de ses sourcils blancs, il m'a rappelé le Bel Argenté. S'il sortait de son rôle et m'interrogeais, que dirais-je au Bel Argenté ? S'il me posait la question de rigueur, à savoir “Et vous, que faites-vous dans la vie ?”, j'imaginais pouvoir me débarrasser de lui en lui exposant la vérité.

"Puisque vous me le demandez, j'ai passé tout la journée à me débattre avec les difficultés d'une écriture au présent immédiat. Ça n'est pas simple de s'intéresser à la subjectivité d'une personne sur la durée. Il existe des astuces pour intégrer d'autres subjectivités dans ce temps grammatical, mais ça reste un défi."

Non, je n'allais pas entamer ce genre de conversation avec le Bel Argenté. Je relisais les premiers romans ainsi que les essais et entretiens de James Baldwin, dont son *Personne ne sait mon nom*, qui m'a aidée à comprendre pourquoi je reprochais à mon compagnon de marche de ne jamais se souvenir du nom des femmes – même chose avec mon meilleur ami (également surnommé Barbe-Bleue), qui ne prononçait le nom de ses épouses qu'après avoir divorcé d'elles. Dans une interview accordée à Studs Terkel dans les années 1960, Baldwin, abordant la question raciale aux États-Unis, avait lancé un défi : "Si vous voulez que j'apprenne votre nom, il va falloir que vous appreniez le mien." *Voilà*, ai-je pensé, *c'est quelque chose dans ce style que je devrais dire au Bel Argenté. "Vous allez devoir apprendre mon nom pour que j'apprenne le vôtre."* Il serait perplexe. Pour être honnête, j'étais moi aussi perplexe. Tout ça était mystérieux. Simone de Beauvoir a écrit que *Le Deuxième Sexe* visait à exposer "l'omniprésence, l'intensité et le mystère de l'histoire de l'oppression des femmes".

Il est si mystérieux de vouloir supprimer les femmes. C'est encore plus mystérieux quand les femmes veulent supprimer les femmes. Je suis obligée d'en conclure que nous sommes si puissantes qu'il nous faut sans cesse être supprimées. De toute façon, ainsi que James Baldwin me l'avait appris, je devais décider de qui j'étais, puis convaincre toutes les personnes présentes à la fête que c'était qui j'étais, mais à ce stade, j'essayais juste de me donner du courage. Je devais survivre à toutes ces pertes et m'inventer des rituels pour les commémorer.

Tandis que le Bel Argenté continuait de parler de lui, j'ai vu l'homme qui avait pleuré à l'enterrement se diriger vers moi. Nous nous sommes donné une accolade chaleureuse, la faisant un peu durer pour nous rappeler les douloureuses circonstances de notre première rencontre – l'enterrement de son amant, la fin de mon mariage.

“Comment vas-tu ? m'a-t-il murmuré à l'oreille.

— Je ne sais pas.

— Mais si, tu sais.

— Bon, d'accord. Cet après-midi je me suis disputée avec une relectrice pour une question de virgules. Elle veut absolument en ajouter dans mon texte pour faciliter la lecture. Elle aime les virgules. Elle est atteinte d'une psychose de la virgule, pas moins. Elle en insère partout. J'ai l'impression de travailler avec une virgule sous Viagra."

Quand l'homme qui avait pleuré à l'enterrement a ri, j'ai réalisé que je ne l'avais entendu que pleurer, ce qui est une étrange façon de rencontrer quelqu'un.

Nous nous parlions désormais par-dessus le Bel Argenté.

Il m'a dit qu'il lisait les *Lectures en Amérique* de Gertrude Stein.

"Apparemment, Stein pensait qu'on comprenait tout de suite quand une question était posée alors elle a arrêté d'utiliser les points d'interrogation et elle pensait aussi que les virgules étaient serviles. D'après elle, c'était au lecteur de décider quand il voulait faire une pause pour reprendre son souffle."

Il s'est penché pour prendre deux coupes de champagne sur un plateau en argent et m'en a donné une.

Il avait mis du temps à surmonter la mort soudaine de son ex-amant, mais il s'était passé quelque chose d'étonnant. Il m'a dit que l'Amour n'avait pas fait que signer le livre d'or. Il avait emménagé. Il s'appelait Geoff. "Au fait, où est ton collier de perles ? Je croyais que tu ne le quittais jamais, même pas pour aller nager ?" Quand je lui ai raconté que le collier avait explosé de rage par solidarité avec moi devant le parking, mon ami a déclaré : "Si c'est toi qui te charges de toutes les corvées, tu devrais faire l'inverse d'une corvée.

— Comme quoi ?

— Tu pourrais faire de la crème glacée."

Il m'a prise par le bras et m'a entraînée dans le jardin.

"C'était qui, cet homme aux cheveux blancs avec qui tu parlais ?

— Il écrit des biographies militaires. La guerre est son sujet, ai-je expliqué à mon nouvel ami, qui avait arrêté de fumer mais fumait quand même.

— Ah, a-t-il répondu en agitant sa cigarette. Je me demande s'il est d'accord avec Brecht. 'La guerre est comme l'amour ; elle trouve toujours un chemin.' Tu n'as pas froid dans cette robe ?

— Non. Je passe beaucoup de temps dehors, je ne sens plus le froid.

— Si on reste là, il va me falloir une couverture."

Pendant qu'il frissonnait et fumait, je lui ai parlé de la masseuse de soixante ans qui m'avait récemment pétri la colonne vertébrale pendant que j'étais allongée sur le ventre, le visage coincé dans le trou de la table de massage. Elle avait passé le week-end à acheter des couvertures douces – mohair de qualité supérieure et cent pour cent laine – qu'elle avait drapées sur son canapé et ses chaises. Quand je lui ai demandé : "Pourquoi des couvertures ?", elle a rétorqué : "Parce que la guerre est terminée."

Le visage toujours dans le trou, je m'étais esclaffée. Elle avait ri aussi. Je n'étais pas sûre de savoir ce qui nous faisait rire, mais je devinais qu'elle parlait de se réconcilier avec une blessure secrète.

J'aurais aimé en savoir plus sur sa guerre à elle. Seule certitude : elle n'avait pas été gagnée sur les terrains de sport d'Eton.

Nous avons vu que les gens s'étaient mis à danser dans la maison.

L'homme qui avait pleuré à l'enterrement m'a poussée vers la porte. "Viens, ta robe est si jolie, dansons, dansons, dansons."

Nous avons dansé comme si c'était notre dernière nuit sur Terre – et pour célébrer ce nouvel amour et ma liberté nouvelle, pour fêter ma nomination à un grand prix littéraire et mille et une nuits sans souffrances, et parce que, ainsi qu'il me l'a dit : "La vie est aussi fragile qu'une pantoufle de verre." Je n'ai pas trop compris de quoi il parlait, mais il a ajouté qu'il avait abusé du champagne donc peut-être qu'il voulait plutôt parler d'un cercueil de verre – ce qui était encore plus ahurissant, mais après tout, c'était l'Homme qui Avait Pleuré à l'Enterrement.

Nous avons retiré nos chaussures comme la chanson qui passait nous disait de le faire. Trois somptueux canapés en velours rouge avaient été repoussés contre les murs. Nous avons tourbillonné, sauté et transpiré et puis un chaton tigré a traversé furtivement la piste de danse, tel un minuscule léopard, la queue relevée. Je l'ai soulevé délicatement d'entre les pieds des danseurs et l'ai déposé sur la tête de mon nouvel ami.

"Je sens ses ronronnements jusque dans mes doigts", a-t-il dit. À cet instant, j'ai songé que la tempête était passée. J'étais prête à faire quelque chose d'inédit – écrire un manifeste sur le mur des toilettes d'un pub, par exemple.

Je crois aux gens nerveux dont les mains tremblent un peu

Le chaton s'était échappé et cheminait vers les canapés rouges juste au moment où Bowie chantait à propos de quelqu'un qui tombait et tremblait comme une fleur. J'ai suivi le chat et me suis assise à côté d'une femme aux longs cheveux noirs qui était perchée au bord d'un des canapés. Elle portait un chemisier blanc et était très occupée à recoudre un petit bouton en perle sur sa manchette gauche. Elle me disait quelque chose, mais je ne la comprenais pas bien parce qu'elle avait une aiguille dans la bouche. Mes cheveux, que j'ai toujours attachés, s'étaient défaits et j'avais une épingle dans la bouche. L'homme qui avait pleuré à l'enterrement s'est dirigé vers nous, très lentement et d'un pas léger, comme s'il marchait sur un cercueil de verre.

"Bonjour, Clara, a-t-il dit à la femme sur le canapé. J'aimerais te présenter mon amie. Tu sais qu'elle arrive à s'attacher les cheveux avec une seule épingle ?

— Oui, moi aussi je sais le faire", a-t-elle répondu.

Quand je suis rentrée chez moi, j'ai passé une heure sur Internet en conversation avec Gupta, en Inde, au sujet de mon logiciel Microsoft Word défectueux.

Plus tard, en vérifiant mes messages, j'ai vu que Gupta avait écrit : *Ne vous inquiétez pas. Je suis là pour vous aider.*

Pour une raison que j'ignore, le mot *Je* clignotait sur l'écran, tressautait et tremblait.

C'est comme ça que je me sentais, moi aussi.

Sept

L'obscurité noire et bleutée

Ma nouvelle vie se résumait à chercher des clés dans le noir.

J'avais la clé de chez ma mère et une clé pour ma fille quand elle voulait aller chez son père. Il y avait une clé pour la porte du jardin qui conduisait au cabanon de Celia et une clé pour le cabanon lui-même, une clé pour la maison de Celia, une clé pour mon vélo électrique, une clé pour la batterie électrique, une clé qui était en fait un badge pour entrer dans mon immeuble et puis deux clés pour mon appartement. C'était le mois de février en Grande-Bretagne. Le ciel du petit matin donnait l'impression qu'il était minuit. Il faisait de nouveau noir l'après-midi quand je quittais le cabanon et traversais le jardin détrempé, la batterie du vélo (qui avait chargé toute la journée) dans les bras. J'ouvrais la porte du jardin (une porte déjà difficile à ouvrir et à fermer en plein jour), sortais le vélo, mes sacs, et fermais la porte derrière moi. Souvent, la voiture de Celia garée dans l'allée rendait presque impossible le passage du vélo. À plus de quatre-vingts ans, Celia ne se faisait plus toute jeune et je ne voulais pas l'interrompre pendant qu'elle criait sur tout le monde dans la maison. J'étais donc contrainte de soulever le lourd engin électrique au-dessus du capot de la voiture en faisant attention à ne pas érafler la peinture.

J'ai acheté une lampe torche dont je ne me séparais jamais. J'aimais aussi beaucoup mon nouveau tournevis électrique. Il rentrait parfaitement dans mon sac à main et on aurait dit un petit revolver. Il y avait quelque chose de très satisfaisant à appuyer sur le bouton rouge et à l'écouter ronronner comme un petit fou. J'ai resserré les vis sur la porte du jardin et sur celle du cabanon. Cela facilitait l'ouverture et la fermeture dans le noir. Entre les clés, le tournevis, la lampe torche, mes sacs débordant de livres et de courses, et les câbles, il n'était pas si simple, même en vélo électrique, de remonter la colline dangereusement verglacée.

Un après-midi, je suis partie du cabanon pour un rendez-vous au sujet d'une possible adaptation cinématographique de l'un de mes romans. J'aurais dû prendre le métro, mais mon vélo me paraissait particulièrement attrayant, se dressant grand et fort sous le pommier. À Mornington Crescent, j'ai été obligée de le retourner sur le trottoir afin de remettre la chaîne, qui avait déraillé.

Les mains couvertes de cambouis, j'ai couru jusqu'à un bar à nouilles où j'ai commandé un thé vert avant d'aller me laver dans les toilettes ; ni miroir ni savon ni eau chaude. Il ne fallait surtout pas que je sois en retard à ce rendez-vous. J'avais les sorties scolaires à payer, une facture de gaz et un ordinateur qui émettait d'inquiétants cliquetis quand il refusait de s'éteindre.

Les producteurs étaient assis autour d'une table en chêne cirée dans une pièce sans fenêtre. Ils étaient intelligents, expérimentés, soignés, ultra-compétents. On m'a proposé un verre d'eau que j'ai accepté avec reconnaissance. Au bout d'un moment, je me suis aperçue qu'à force de regarder des films en noir et blanc je m'étais fait une idée très vieillotte de la façon dont un rendez-vous de ce genre était censé se dérouler. Je nous avais imaginés sirotant des negronis dans une boîte de nuit romaine, déterminant l'arc narratif du film pendant que des danseurs emplumés auraient batifolé à l'arrière-plan.

On m'a posé une question importante. Qui, d'après moi, était le personnage principal de mon roman *Sous l'eau* – Kitty Finch ou Jozef Nowogrodzki, alias Joe ? J'ai répondu que si c'était le film de Joe le scénariste serait obligé de lui écrire son passé (né en Pologne, juif, traverse clandestinement une forêt en 1943 à l'âge de cinq ans avant de rejoindre l'est de Londres) mais qu'il serait plus intéressant de le présenter comme une recherche menée par Kitty Finch, qui croyait de toute façon être en contact télépathique avec lui. J'ai proposé d'écrire moi-même le scénario parce que je savais comment dérouler le passé de Joe du point de vue de Kitty. "On peut raconter le passé autrement que par flash-back", ai-je dit, sauf que quand on m'a demandé d'expliquer de quelle manière j'allais dévoiler ce passé les mots m'ont manqué.

En fait, la coexistence du passé et du présent était une technique que je commençais à développer dans ma fiction, et je voyais comment ça pouvait marcher dans un film. Manifestement, ils ne me croyaient pas et m'ont demandé de leur envoyer par e-mail et pour la fin de la semaine une liste des personnages principaux et secondaires.

Après la réunion, je suis allée dans un café prendre un expresso bien mérité. Un grand miroir serti dans un cadre doré de style baroque était accroché au mur. Là, j'ai découvert que j'avais passé tout le rendez-vous avec trois feuilles d'arbres boueuses dans les cheveux. Elles avaient dû tomber quand je m'étais penchée sous le pommier pour sortir du cabanon. Ça faisait mauvais genre, mais ça aurait pu être pire : toiles d'araignée prises à mes oreilles, petits insectes morts pendus à mes sourcils. Travailler dans un cabanon n'aidait pas à prendre soin de son apparence. Même avec le vélo électrique. D'une certaine façon, c'était lui, le personnage principal de ma vie.

Il demandait tant d'efforts. Le personnage principal est toujours ce qu'il y a de plus difficile.

Mon vélo électrique était plus exigeant que mes enfants. Plus tôt, tandis que j'étais en route pour la réunion, deux hommes s'étaient arrêtés pour me poser des questions sur mon vélo, le premier à un feu rouge à Camden Town, l'autre à côté du marchand de fruits devant la station de Goodge Street. J'avais roulé jusqu'à l'étal pour acheter une unique prune. Au début, j'ai cru que ces hommes aimables cherchaient juste une excuse pour me parler parce que j'étais incroyablement séduisante, mais non, j'étais le personnage secondaire et le vélo une star de la contre-culture. J'imagine que ces hommes étaient des personnages secondaires et que j'étais sortie de mon rôle, heureuse d'expliquer que le vélo poussait à près de vingt-cinq kilomètres-heure avec son moteur de deux cents watts. Pendant que je leur parlais, j'ai eu l'impression d'avoir rejoint une espèce de fraternité même si je me débattais avec la maternité parallèlement. J'étais une e-matriarche dans une réalité patriarcale. La vie était dure et je n'avais pas de scénario. *Peut-être étais-je en train d'en écrire un.* Et qu'était-il arrivé à la prune ? J'avais mordu dedans durant ma conversation avec l'homme de la station de Goodge Street. Elle était juteuse, ferme et dodue. Si j'en étais à l'écriture du scénario, cette prune serait un tournant dans le récit – l'homme aurait dit : “Au fait, est-ce que vous savez que vous avez des feuilles dans les cheveux ?”

J'ai bu l'expresso d'une traite et je me suis levée pour reprendre le fil de ma journée. Quoi qu'il en soit, il fallait absolument que je glisse un miroir de poche dans mon sac, en plus du rouge à lèvres, du tournevis électrique, du stylo plume, de la lampe torche et du petit flacon d'huile essentielle de rose (*rosa centifolia*) que j'appliquais à présent sur mes poignets pour me calmer.

La sérénité a-t-elle un parfum de rose ? Une rose a bon cœur Une rose console. La rose est l'impératrice du rose. Peut-être la rose est-elle l'impératrice du blues. Quand Bessie Smith chantait qu'elle n'arrivait pas à vivre dans une maison qui tombait en ruine, cela m'évoquait mon sentiment vis-à-vis de mon ancienne vie. C'est aussi la chanson que James Baldwin écoutait lors d'un hiver passé loin de Harlem, dans les montagnes suisses où il a écrit *Personne ne sait mon nom.*

En fait, j'ignorais totalement à quoi ressemblait la sérénité. La sérénité était censée être l'un des personnages principaux de la féminité telle que la culture la définissait autrefois. Elle est sereine et endurante. Oui, elle est si douée en matière d'endurance et de souffrance que ces caractéristiques pourraient même être les personnages principaux de son histoire.

Peut-être que la féminité, ainsi qu'on me l'avait appris, était arrivée à son terme. La féminité, en tant que personnalité culturelle, n'exprimait plus rien pour moi. Il était évident que la féminité, telle qu'elle était écrite par les hommes et jouée par les femmes, était le fantôme épuisé qui continuait de hanter le début du XXIe siècle. Qu'en coûterait-il de sortir de son rôle et de mettre un terme à ce récit ? Il existait beaucoup de variations, bien sûr, dont la féminité d'entreprise, où les femmes avec patrons de sexe masculin se retrouvaient encore à devoir s'habiller d'une façon qui convienne à la salle de réunion autant qu'à la chambre à coucher. Comment peut-on se donner en permanence érotiquement et commercialement pour son patron ? Ce type de féminité ne tient pas très bien la route. L'usure finit par se voir. Mon amie

Sasha, qui gagnait très bien sa vie, m'a raconté que, chaque vendredi soir, ses collègues femmes et elle terminaient la semaine en allant se soûler dans différents bars, puis vomissaient leurs tripes, vêtues de leur tailleur d'entreprise. Je me suis dit que Sasha et ses amies étaient une version capitaliste tardive des ménades, les disciples féminines de Dionysos, un nom qui signifie aussi "les furieuses", sauf que ces dernières portaient des casques et pouvaient déraciner des arbres énormes quand elles étaient sous l'emprise de l'alcool. Dans l'imaginaire de l'Athènes du Ve siècle avant Jésus-Christ, leur corps était possédé par différents dieux. Dans l'imaginaire du XXIe siècle, a remarqué Sasha, leur corps était possédé par différents patrons – qui répétaient que porter des talons hauts et des jupes courtes au travail, c'était prendre le pouvoir.

Non, je ne connaissais pas tant de femmes désireuses de réveiller le fantôme de la féminité. Qu'est-ce qu'un fantôme, de toute façon ? Le fantôme de la féminité est une illusion, un mirage, une hallucination collective. C'est un personnage retors à jouer et un rôle (sacrifice, endurance, souffrance joyeuse) qui a rendu certaines femmes folles. Ce n'était pas une histoire que j'avais envie d'entendre encore une fois.

Il était temps de trouver de nouveaux personnages principaux possédant d'autres talents.

En me dirigeant vers mon vélo électrique attaché devant un Tesco Express, j'ai grogné en pensant à ce rendez-vous désastreux. Comment allais-je conquérir le monde du cinéma si j'entrais nonchalamment dans le bureau des producteurs avec des feuilles dans les cheveux ? Comment allais-je percer si je ne trouvais pas les mots pour expliquer une technique de flashback au présent de l'indicatif que j'avais pourtant justement apprise dans les films ? David Lynch, Michael Haneke, Agnès Varda et Alain Resnais étaient mes muses et maîtres dans ce domaine. Et plus particulièrement Marguerite Duras, surtout à cause de la façon dont elle montrait cinématographiquement le retour du refoulé dans la vie de ses protagonistes à l'écran. Dans ses films, elle a réussi à créer un langage qui colle autant que possible à la subjectivité humaine sans l'étouffer non plus.

J'avais réussi à refouler cette information dans le bureau sans fenêtre des producteurs.

J'étais persuadée que l'un de mes talents cachés était l'écriture scénaristique. Tous les gens que je connaissais en avaient assez des vieilles représentations de la masculinité et de la féminité chez les personnages principaux et secondaires. Je m'imaginais déjà à soixante-dix ans en train de taper à la machine au bord de ma piscine californienne. Je serais une légende géniale du cinéma, la peau ravagée par le soleil, connue pour écrire en maillot de bain, entourée de plantes tropicales verdoyantes permettant de toujours garder l'esprit ouvert et de faire advenir les idées. Au déjeuner, mon personnel me préparerait un cocktail et mettrait du poulpe frais à cuire sur le barbecue.

Il s'était mis à pleuvoir. Les trottoirs londoniens sentaient la vieille pièce de monnaie.

Oui, mon jardin ensoleillé de Californie serait envahi d'oiseaux colorés et gazouillants. L'horloge aux oiseaux que j'avais chez moi à Londres n'était qu'une répétition de l'avenir avec un grand A. À la fin de la journée, fracassée à force de chercher des techniques qui projetteraient le passé dans le présent sans un seul flashback, je nagerais au clair de lune avec mon élu – pendant que tous les personnages principaux et secondaires de mon scénario attendraient sagement que je les salue le lendemain matin. Mon élu serait-il un personnage principal ou secondaire ? Principal, de toute évidence. Et où seraient mes enfants ? Oh non ! Elles seraient adultes, vivraient leur vie, redoutant l'appel de leur mère – *C'est elle, elle est en Californie.*

Et que dirais-je à mes filles ? “Mais je ne suis pas comme ces mères qui vivent à travers leurs enfants, non non non, absolument pas. J'ai un personnage principal dans la piscine avec moi. Je mène une vie riche et exaltante. Au fait, vous faites quoi pour Noël ? Vous savez qu'ici on a un climat *tropical* ?"

Je suis entrée dans le Tesco Express et j'ai acheté un poulet à rôtir pour ma fille et ses copines. J'ai également pris un unique brin de romarin dans un petit sachet fermé.

Cette nuit-là, alors que je remontais la colline en vélo sous une pluie battante, mon sac s'est ouvert et en sont tombés un livre de Freud, *Le Mot d'esprit et sa relation à l'inconscient*, le chargeur de la batterie du vélo (dans les conseils d'utilisation : *tenir à l'abri de la pluie*), un rouge à lèvres, une lampe, un tournevis et cinq clémentines. La circulation a dû être bloquée le temps que je parte à la recherche du poulet. Il était sur la route comme un cadavre d'animal près de la voiture qui lui avait roulé dessus, aplati mais intact, la peau portant les marques du pneu. Je l'ai ramassé et ai laissé les clémentines dévaler la colline.

Pendant que je préparais une pâte à base de citron et d'ail écrasés dans laquelle faire mariner le poulet qui avait été tué deux fois, la première en abattoir et la seconde dans une rue de Londres, je me suis rendu compte que mes vêtements étaient trempés. J'étais vraiment épuisée, et j'étais seule. Je n'avais pas d'adulte autour de moi pour me dire : "Et si tu enlevais ces vêtements et allais prendre une bonne douche chaude ?" J'étais seule et j'étais libre. Libre de payer les charges considérables pour un appartement qui offrait peu d'avantages et dont le fonctionnement courant n'était même pas toujours assuré. Libre de subvenir aux besoins de ma famille en écrivant sur un ordinateur à l'agonie. Il était urgent que je dresse la liste des personnages principaux et secondaires et que je l'envoie sans attendre aux producteurs.

J'ai enfourné le poulet et je me suis demandé si je pourrais ouvrir la bouteille de vin que m'avait offerte l'homme qui avait pleuré à l'enterrement. Au même moment, j'ai aperçu le brin de romarin que j'avais acheté au supermarché, le code barre tamponné sur le sachet fermé. Le romarin était l'herbe du souvenir, mais tout ce que je voulais, c'était oublier. Dans la maison familiale, j'avais planté un romarin dans la partie la plus ensoleillée du jardin. C'était devenu un buisson épanoui et luxuriant avec des fleurs violettes et bleues. Le brin devant moi était une balle de fusil tirée depuis le passé.

J'ai décidé d'ouvrir la bouteille et j'ai envoyé un SMS à mon amie Lily pour qu'elle vienne la boire avec moi. Elle est arrivée avec une barquette de fraises et m'a fait couler un bain pendant qu'elle me racontait sa journée. Ma fille et ses copines ont mis la table. Elles portaient de grandes boucles d'oreilles créoles et du gloss sur les lèvres. La vie les rendait folles et elles étaient folles de la vie. Leur conversation était intéressante, intelligente et hilarante. Je me suis dit qu'elles pourraient sauver le monde. Tout le reste a disparu en même temps que la chair du poulet écrasé que ma fille, ses copines, Lily et moi avons dévorée avec délice.

Huit

La République

Se désengager de l'amour revient à vivre une vie dénuée de risque. À quoi bon vivre, dans ce cas ? Je traversais le parc sur mon vélo électrique pour rejoindre mon cabanon et mes mains étaient devenues bleues à cause du froid. J'avais renoncé à porter des gants parce qu'ils me gênaient quand je me débattais avec mes clés dans le noir. Je me suis arrêtée à la fontaine et j'ai découvert qu'elle était à sec. Un panneau placé par le conseil municipal indiquait : *Cette fontaine a été mise en hivernage.*

Je me suis aperçue que c'était ce qui m'était arrivé, à moi aussi.

Vivre sans amour est une perte de temps. Je vivais dans la République de l'Écriture et des Enfants. Je n'étais pas Simone de Beauvoir, après tout. Non, j'étais descendue du train à un arrêt différent (mariage) et avais changé de quai (enfants). Elle était ma muse, mais je n'étais certainement pas la sienne.

Quoi qu'il en soit, nous avions toutes les deux acheté (avec notre propre argent) un billet pour le même train. La destination était une vie plus libre. Une destination vague dont personne ne sait à quoi elle ressemble quand on l'atteint. C'est un voyage sans fin, sauf que je l'ignorais à l'époque. J'étais simplement en route. Où pouvais-je aller d'autre ? J'étais jeune et jolie, je suis montée dans ce train, j'ai ouvert mon carnet et commencé à écrire à la première et à la troisième personne.

Simone de Beauvoir savait qu'une vie sans amour était une perte de temps. Son amour durable pour Sartre semble avoir dépendu de sa vie dans des hôtels et du fait qu'elle n'a pas fondé de foyer avec lui, ce qui, dans les années 1950, était plus radical que ce qu'elle croyait, à mon avis. Elle est restée dévouée à Sartre, le plus grand amour de sa vie, pendant cinquante et un ans, malgré leurs autres attachements. Elle savait qu'elle ne voulait pas d'enfant et refuserait de lui servir son petit déjeuner, de lui faire ses courses ou de prétendre qu'elle n'était pas intellectuellement engagée dans le monde pour lui paraître plus aimable. L'entrée dans la cinquantaine l'a effarée et a pris chez elle des proportions qui m'échappent un peu. Mais comme elle l'a écrit au romancier Nelson Algren dans l'exaltation de leur amour naissant : “Je veux tout de la vie, être une femme et aussi un homme, avoir beaucoup d'amis et aussi la solitude, travailler énormément, écrire de bons livres, et aussi voyager, m'amuser.”

Lors d'une tournée aux États-Unis, je suis allée à Chicago et mon éditeur m'a envoyé un chauffeur. Il s'appelait Bill et savait tout de Chicago. La première chose qu'il a faite a été de me conduire là où Nelson Algren vivait quand Simone de Beauvoir avait entamé son long voyage depuis la France pour être dans ses bras. La rue était bordée d'arbres et de grandes maisons en briques rouges agrémentées de vérandas et de jardins. Bill m'a raconté que c'était à l'époque un quartier sale et dangereux, et qu'Algren y traînait avec des prostituées, des boxeurs et des toxicos. J'ai imaginé Simone, l'une des plus grandes intellectuelles de son temps, arrivant à Chicago, une ville à l'opposé de ce que pouvait être Paris, et l'amour qu'elle avait trouvé au troisième étage de cette vieille maison en brique. Pendant un moment, Algren l'a libérée émotionnellement et sexuellement de Sartre.

Qu'est-ce que ça fait de ne pas se réveiller à l'hôtel ? D'être une invitée dans la *maison* de son amant ? Il avait sans doute choisi ses meubles et avait lui-même acheté ses ampoules. Il était son hôte. Craignant de voir arriver la fin de leur histoire d'amour transatlantique, Algren lui a écrit pour lui confier ce qu'il attendait : "Un endroit à moi pour y vivre, avec une femme à moi, et même un enfant à moi. Ce n'est pas extraordinaire de souhaiter ces choses."

Non, il n'y a rien d'extraordinaire à souhaiter ces belles choses. Sauf qu'elle savait que le prix à payer serait plus élevé pour elle que pour lui. Elle a finalement décidé qu'elle ne pouvait pas se le permettre. Quand Algren l'a suppliée de quitter Paris pour venir vivre avec lui à Chicago, elle a répondu : "Je ne pourrais pas vivre uniquement de bonheur et d'amour, je ne pourrais renoncer à écrire et travailler dans le seul lieu au monde où mes livres et mon travail ont un sens."

Elle aurait sûrement pu écrire, connaître le bonheur, l'amour, et avoir un foyer ainsi qu'un enfant, non ? Elle n'y croyait pas. J'avais trouvé ça assez difficile, moi aussi. En attendant, j'ai su très jeune que si je le voulais je pouvais prendre le contrôle de mes livres en tant qu'autrice. Ce qui n'est pas aussi évident qu'il y paraît. Comment le faire, à vingt ans et quelques, si j'étais censée contenter tout le monde pour tenter d'obtenir l'approbation, un foyer, des enfants et l'amour ?

Et qu'en est-il des hommes qui, comme Algren, voulaient un foyer, des enfants et l'amour ? Dans mon hôtel de Boston, j'ai aperçu un homme assis avec sa compagne à la table d'un café qui donnait sur le port. Il était amoureux, attentif, doux et gentil. Elle avait retiré ses sandales, sa veste, ses lunettes de soleil et le bracelet en or à son poignet. Pendant qu'il pressait les lèvres contre la peau éclatante de ses bras nus, elle regardait au loin, puis elle s'est levée et s'est éloignée des lèvres et du soleil. Au bout d'un moment, l'homme a récupéré les sandales, le bracelet, les lunettes de soleil, le sac, l'appareil photo, la crème solaire et le téléphone, et il s'est installé à une table à l'ombre. Quelque chose ou quelqu'un dans sa vie lui avait donné assez de courage pour être celui qui porterait et embrasserait. S'il la désirait plus qu'elle ne le désirait, comment aborderait-elle cette conversation sans détruire le courage de cet homme ?

Alors que j'étais assise sur les marches en pierre non loin de la fontaine en hivernage, j'ai vu l'une de mes étudiantes traverser le parc. Elle arborait un manteau rouge ainsi que des gants en laine rouge. Elle parlait au téléphone. Au bout d'un moment, elle a retiré le gant de sa main droite pour pouvoir mieux tenir l'appareil et a tendu la main gauche vers les dernières feuilles encore accrochées à un arbre.

Peu de temps auparavant, elle m'avait donné à lire un de ses textes. De toute évidence, elle avait peur qu'on se moque de cette voix émergente qui était la sienne. Chaque fois qu'elle écrivait quelque chose en quoi elle croyait sincèrement, elle se tournait ensuite en dérision pour minimiser la vérité qu'elle s'était évertuée à démêler. Peut-être cherchait-elle l'approbation, ou bien l'amour ? Mais quel genre d'amour exige que cette jeune femme cache son talent ? Elle était notamment influencée par Claude Cahun (née Lucy Schwob, poète, artiste et résistante durant la Seconde Guerre mondiale) et par un livre dont elle ne se séparait jamais, *Peau noir, masques blancs*, du psychiatre et révolutionnaire martiniquais Frantz Fanon. Elle avait arraché le papier peint de la maison familiale et glissé la main entre les briques nues pour y rechercher quelque chose qu'elle savait être là. Un des éléments de son histoire était deux oiseaux en cage – auxquels elle était très attachée. Les événements traumatiques racontés dans son texte s'étaient déroulés dans le sud de l'Inde pendant la mousson, entre juillet et septembre. Je lui ai suggéré de s'appuyer davantage sur la pluie que sur les oiseaux. Elle a réécrit l'histoire et celle-ci a pris vie. Elle était à la fois nuancée et furieuse – un mélange difficile à réussir. Elle s'était servie du dernier vers d'un poème de Langston Hughes comme d'un refrain ironique et triste qui revenait à plusieurs reprises dans le récit.

Et j'aime la pluie.

À présent que les oiseaux ne piaillaient plus par-dessus sa voix puissante, l'étudiante m'a dit qu'il n'était pas facile d'être à la hauteur de toute cette force. Ça lui faisait peur. Quand je lui ai expliqué que pour moi, elle avait énormément de talent, elle a fondu en larmes. Et puis elle a dit : “Pardon, je n’ai pas pris de petit déjeuner.” Elle a fouillé dans son sac et en a sorti deux petits samosas. Elle a utilisé la serviette qui les enveloppait pour se tamponner les yeux, elle était nerveuse et ses mains tremblaient un peu. Plus tard dans la journée, j’ai vu qu’elle avait oublié les samosas sur mon bureau. J’ai dû descendre deux étages en courant pour la retrouver et quand je lui ai rendu ses samosas elle m’a regardée et a dit : “Oh, mais je les avais laissés pour vous.

— C’est très gentil, ai-je répondu. Mais vous n’avez pas à me faire des cadeaux simplement parce que je vous ai dit que vous étiez géniale.”

Marguerite Duras ne possédait pas la “patience fatale” dont Beauvoir pensait à juste titre que les femmes devenues mères l’avaient apprise à leur détriment. Après avoir écrit *Le Ravissement de Lol V. Stein*, elle a fait une déclaration curieuse – elle a dit se donner la permission de parler “d’une façon totalement étrangère aux femmes”. Je comprends ce qu’elle entend par là. Il est si difficile de revendiquer nos désirs et tellement plus reposant de s’en moquer.

L'étudiante m'a vue assise à côté de la fontaine à sec et m'a adressé un geste de salut. Après l'habituel échange de politesses – *Qu'est-ce que vous faites ici, vous vivez dans le quartier ?* – j'ai désigné le panneau indiquant que la fontaine avait été mise en hivernage. Elle m'a demandé si ce mot existait vraiment. Je ne l'avais jamais croisé non plus. Était-ce un substantif nouvellement créé ? Nous avons cherché sur notre téléphone et constaté qu'il s'agissait de "préparer quelque chose à la venue de l'hiver". Je n'étais donc pas du tout en hivernage. Je m'identifiais plutôt à Camus, qui déclarait avoir en lui un invincible été, même au milieu de l'hiver. Je continuais d'explorer l'idée que Holloway Road ressemblait à la mer Adriatique. Je n'en avais pas fini avec cette notion, mais j'avais du mal à l'intégrer totalement. Mon étudiante m'a raconté qu'elle avait récemment vu une exposition sur la photographe américaine Francesca Woodman. Woodman avait créé une série d'autoportraits où elle était souvent nue, mais avec une technique qui floutait ses formes féminines. Elle essayait toujours de se fondre dans les murs, le papier peint et le parquet, de se transformer en nuage de vapeur, en spectre, en tache, en flou, un sujet féminin effacé mais reconnaissable.

"Oui, a dit mon étudiante. Je me sens souvent comme ça.

— Mais au moins vous vous êtes trouvé des gants, ai-je dit avec esprit. Vous êtes en hivernage.”

Finalement, je lui ai demandé vers où elle se dirigeait.

Elle allait prendre le petit déjeuner avec son amie Nisha, qui se trouvait être photographe. “Vu qu’on n’a pas d’argent, on se partage un petit déjeuner anglais. Nisha prend le bacon, la saucisse et l’un des œufs. Je prends les champignons, la tomate et l’autre œuf, on partage les haricots et les *hash browns*.

— Ça me paraît bien, comme arrangement. Mais ce n’est pas américain, les *hash browns* ?

— Oui, c’est un petit déjeuner anglais qui entretient une relation privilégiée avec l’Amérique. Mais pour être honnête, j’aime mieux les brownies au haschisch que les *hash browns*.”

Nous nous sommes souhaité une bonne journée et j’ai descendu la colline vers mon cabanon d’écriture.

Le cabanon était en hivernage. Il n’y faisait pas chaud. J’avais mis un kilim par terre, mais je n’avais aucune envie de domestiquer mon espace de travail. Jusque-là, en dehors de mes dix livres, de mon ordinateur et de mes différents carnets, le cabanon était quasi vide.

Une bougie en forme de cactus.
Les cendres de Daisy, Chienne de la Paix.
Un miroir mexicain dans un cadre en mosaïque de céramique.
Une chaise en bois bleue.
Un fauteuil d'écriture recouvert de deux peaux de mouton.
Le frigo.
Une lampe toute en hauteur avec un socle en béton circulaire et une ampoule au sommet argenté.
Un parapluie rayé vert et jaune.
Un sachet de noix et de raisins secs.
Une radio.

Le jardinier qui venait une fois par mois s'occuper du pommier et des plantes était un acteur d'une cinquantaine d'années. Il avait une voix profonde, apaisante, et les yeux les plus bleus qui soient. Nous parlions souvent des livres que nous lisions, de ses différents rôles et de la raison pour laquelle nous nous étions choisi des professions aussi précaires. Il s'inquiétait que le cabanon soit un endroit difficile et austère où travailler durant l'hiver. Il lui arrivait de confectionner de petits bouquets avec les herbes et les fleurs d'hiver cueillies dans le jardin qu'il m'apportait ensuite. Je ne pouvais pas lui dire que les fleurs réveillaient des souvenirs de mon ancienne vie parmi les plus douloureux. Comment une fleur peut-elle rouvrir une plaie ? Elle le peut et quand elle le fait, c'est un portail sur le passé. Comment une fleur peut-elle révéler des informations sur les personnages principaux et secondaires ? Elle le peut et elle le fait. Comment se fait-il qu'une fleur puisse ressembler à un criminel ? Pour l'écrivain et criminel Jean Genet, l'uniforme rayé des détenus lui faisait penser à des fleurs. On se sert beaucoup des fleurs et des drapeaux pour parler à notre place, mais je ne suis pas sûre de savoir ce que ceux-ci disent.

Tout jardinier est un futurologue capable de voir comment une humble petite plante poussera et flamboiera avec le temps. Les futurologues ont-ils des flash-back ou seulement des flash-*forward* ? J'aimais penser que le passé, comme j'en ai fait l'expérience, a connu la même fin que Ziggy Stardust. Je l'ai vu partir puis revenir d'entre les morts dans une série de costumes incroyables. Oui, j'étais complètement d'accord avec Ziggy *et* avec Kierkegaard : "La vie doit être comprise en regardant en arrière. Mais il ne faut pas oublier qu'elle doit être vécue en regardant vers l'avant."

Pendant nos pauses dans l'écriture et le jardinage, le jardinier me montrait les différentes sortes de menthes qu'il faisait pousser dans des pots, ou m'expliquait pourquoi il élaguait autant le pommier. Je m'étais attachée à cet arbre, ne serait-ce qu'à cause de l'inspiration que me procuraient les écureuils qui parcouraient le tronc de haut en bas et tournaient soudain le regard vers moi, assise seule dans le cabanon. Même s'ils semblaient étonnés, je savais qu'ils savaient que j'étais là *avant* de se retourner pour me regarder. C'était le thème de mon livre *Ce que je ne veux pas savoir*, où je faisais l'hypothèse que ce que nous ne voulons pas savoir est ce que nous savons de toute façon et refusons de regarder en face. Pour Freud, ce désir de ne pas savoir ce qu'on sait s'appelle refoulement.

J'étais heureuse de partager le jardin avec les écureuils. J'avais passé deux décennies à dénicher les plantes qui seraient favorables aux oiseaux, aux abeilles et aux papillons dans notre maison familiale, mais dans ce moment de rupture je voulais juste avoir un bureau et une chaise dans la solitude de ma hutte.

Ce jardinier avait le don d'apparaître pour accorder toute son attention à ceux à qui il parlait, comme s'il s'occupait d'une plante, évaluait ses réactions au climat, au sol, aux autres plantes. Rien qu'à l'intensité de son regard bleu, je pouvais dire qu'il était acteur. Il était curieux de tout et de tout le monde. Le métier d'acteur est étrange parce qu'il revient à élire domicile à l'intérieur de quelqu'un.

Dans mon cabanon, je menais des recherches sur le mythe de Méduse qui avait élu domicile en moi. Je ne savais pas trop si j'appréciais sa présence. Méduse était une femme à la fois très puissante et très contrariée. Ce mythe est particulier parce qu'il parle d'une femme qui renvoie le regard masculin au lieu de s'en détourner, et il se termine par la décapitation cruelle de cette femme, sa tête (l'esprit, la subjectivité) séparée de son corps – comme si sa puissance était trop menaçante. Robert Graves a posé comme hypothèse que cette décapitation était une tentative de mettre un terme à la menace du pouvoir féminin et d'asseoir la domination masculine. À ma plus grande surprise, Méduse était entrée dans mon nouveau roman.

À l'époque, je pensais à une femme qui m'avait raconté que son mari ne la regardait jamais. "Jamais. Même quand il me parle, il regarde toujours ailleurs." Quand je les ai revus tous les deux, je me suis mise à le regarder ne jamais la regarder. Cette femme qui vivait dans une grande maison avec son mari et deux chiens féroces (peut-être pour les prémunir d'un échange plus intime) était soumise à un genre étrange de violence passive. Elle a accepté davantage de responsabilités au travail pour passer moins d'heures avec lui. Ils habitaient la même maison mais vivaient des existences séparées et faisaient chambre à part. Quand elle rentrait chez elle après une journée harassante, elle était contente d'avoir quelqu'un avec qui regarder un film le soir. Mais quand ils discutaient du film après, elle expliquait qu'il gardait les yeux rivés à l'écran pendant qu'il donnait son opinion, longtemps après la fin du générique. Ça lui donnait envie de quitter la pièce pour être ailleurs, mais elle se rappelait ensuite qu'elle vivait là et qu'elle était chez elle.

Les politiques fluctuantes du foyer moderne étaient devenues complexes et perturbantes. Beaucoup de femmes modernes et apparemment puissantes de ma connaissance avaient créé un foyer pour tout le monde, mais ne se sentaient pas chez elles dans leur propre maison. Elles préféraient le bureau ou leur lieu de travail parce qu'elles y étaient plus que de simples épouses. George Orwell, dans son essai de 1936, *Comment j'ai tué un éléphant*, a noté que l'impérialiste "porte un masque et [que] son visage finit par épouser les contours de ce masque". La femme aussi porte un masque, et son visage finit par l'épouser jusque dans ses moindres détails. Des femmes qui subvenaient à la majorité des besoins de leur famille étaient sournoisement punies par leur mari à la moindre réussite. Leurs partenaires masculins éprouvaient du ressentiment, de la colère, étaient déprimés. Ainsi que Simone de Beauvoir nous l'avait dit, les femmes ne sont pas censées éclipser les hommes dans un monde où le succès et le pouvoir leur sont destinés. Pas facile d'incarner le privilège historique de la domination masculine (mis au goût moderne) si monsieur est économiquement dépendant des talents de madame. Dans le même temps, cette dernière reçoit le message fatal qu'elle doit dissimuler son talent et ses capacités si elle veut qu'il l'aime. Tous les deux savent qu'ils mentent pour sauver la face, qui elle aussi épouse les contours du masque. L'homme regarde à travers les trous, effrayé que le monde puisse le percer à jour. Le masque est comme la fausse tête que la chenille montre aux prédateurs. L'homme sait que le masque du patriarcat est anormal et pervers, mais utile s'il veut éviter les blessures. Dans sa version la plus ornementée, le masque l'aide à apparaître comme rationnel tandis qu'il intimide les femmes, les enfants et d'autres hommes. Mais il est surtout là pour le protéger de l'angoisse de l'échec qui se reflète dans le regard des autres hommes. Si on évalue la réussite d'un homme à l'aune de sa capacité à éradiquer les femmes (à la maison, au travail, au lit), ce serait une grande victoire que d'être un raté dans ce domaine.

La souffrance du mâle contemporain d'âge moyen qui, ayant échoué à complètement éradiquer les femmes, se perçoit comme privé de pouvoir est une question délicate. Son épouse ment pour lui avec délicatesse. Adrienne Rich a écrit tout un chapitre savoureux sur l'art du mensonge dans son livre *Arts of the Possible*. Elle montre que lorsque nous arrêtons de mentir nous créons la possibilité d'avoir accès à plus de vérité.

Si bien que, me retrouvant à nouveau en compagnie de l'homme qui ne regardait jamais sa femme, je me suis mise à mon tour à le regarder, lui qui ne la regardait pas – à la table du dîner par exemple, dans la voiture ou partout où il ne la regardait jamais. Je me demandais ce que son absence de regard était censé communiquer. J'ai essayé de comprendre parce que le regard masculin est censé travailler dans l'autre sens – ce sont les femmes qui sont regardées, nous-mêmes ne sommes pas censées le faire.

Peut-être voulait-il lui communiquer son mépris : si je te regarde, tu croirais exister à mes yeux. Ou si je te regarde, tu verras que je t'aime et je ne veux pas avoir l'air de t'aimer. Ou bien encore, en ne te regardant jamais, je te communique mon désir que tu ne me regardes jamais en retour. Si tu me regardes de trop près, tu verras que je me sens pathétique, honteux et impuissant.

N'importe laquelle de ces explications aurait pu être la bonne. Sans doute que le plus compliqué serait qu'il l'aime tout en refusant que ça se voie. Voilà qui serait difficile à représenter, mais j'avais plus ou moins exploré cette idée à travers l'avatar d'Isabel, l'épouse et correspondante de guerre de *Sous l'eau*, la femme qui n'ose pas aimer (ni regarder) le mari qui la trompe sans arrêt. Non, tout compte fait, je crois qu'il lui disait clairement qu'elle n'existait pas à ses yeux. C'était un retournement étrange de l'histoire de Méduse, et d'autres mythes aussi. Il s'était arraché les yeux comme Œdipe, mais ceux-ci la regardaient quand même. Tout le temps. Il essayait de la mettre hors de sa vue. Ça n'était rien de moins qu'une tentative de meurtre.

L'écriture est une question de regard, d'écoute, et d'attention accordée au monde. Charlotte Brontë place ce genre de regard au cœur de *Jane Eyre*. De même que les écureuils du pommier près de mon cabanon ont toujours su que j'étais là, la tante cruelle de Jane, Mme Reed, croit que sa pauvre nièce désargentée l'observe tout le temps.

> ... son caractère incompréhensible, ses colères subites, et son continuel examen de tous vos mouvements !

C'est ce que ma mère pensait de moi.

Neuf

Promenade nocturne

Ma mère m'a appris à nager et elle m'a appris à manœuvrer un canot à la rame. Elle est née en Afrique du Sud, a grandi à Port Elizabeth, la "ville du vent", et s'est chaque jour languie de la mer durant les quatre décennies qu'elle a passées dans le nord de Londres. Elle a toujours dit que le deuxième roman de Doris Lessing, *Les Enfants de la violence*, décrivait avec une précision chirurgicale sa propre vie, elle qui a été élevée dans la stérilité et l'ignorance de la culture coloniale sud-africaine. Sur ses vieux jours, ma mère a trouvé une technique pour pouvoir nager en "se donnant totalement à l'eau". Pour cela, elle flottait sur le dos, "se vidait de ses pensées" et "se laissait porter par le courant". Elle m'a montré comment faire dans les étangs troubles de Hampstead Heath, flottant telle Ophélie au milieu des canards, des algues et des feuilles.

J'essaye de l'imiter, mais au bout de dix secondes je commence à sombrer. De même, dès que je me mets à penser à la mort de ma mère, je sombre au bout de dix secondes.

Je possède une photo de ma mère, prise alors qu'elle approchait de la trentaine. Elle est assise sur un rocher lors d'un pique-nique avec des amis. Elle a les cheveux mouillés après avoir nagé. Son regard est empreint d'une sorte d'introspection qui me fait penser à ce qu'il y avait de meilleur chez elle. Je vois que dans cet instant capturé sur le vif elle est au plus près d'elle-même. Je ne sais pas trop si quand j'étais enfant ou adolescente je considérais l'introspection comme une de ses grandes qualités. À quoi peuvent bien nous servir des mères rêveuses ? Nous ne voulons pas de mères qui portent le regard au-delà de nous, qui désirent être ailleurs. Nous avons besoin qu'elles soient de ce monde, pleines de vitalité, capables, entièrement présentes pour répondre à nos besoins.

Me suis-je moquée de ma rêveuse de mère pour ensuite l'insulter parce qu'elle n'avait pas de rêves ?

À en croire la version classique de l'histoire, le héros et le rêveur, c'est le père. Il se détache des exigences pitoyables de ses femmes et de ses enfants pour s'élancer dans le monde et faire ce qu'il a à faire. On s'attend à ce qu'il soit lui-même. Quand il revient au foyer que nos mères nous ont créé, soit il réintègre le bercail, soit il devient un inconnu qui aura finalement plus besoin de nous que nous de lui. Il nous raconte une partie de ce qu'il a vu dans son monde. On lui donne une version adaptée de notre quotidien. Notre mère partage avec nous cette vie et on la tient responsable de tout parce qu'elle est là. Parallèlement, nous évitons de nous associer aux mythes concernant son caractère et le but de son existence. Mais nous avons aussi besoin qu'elle s'angoisse pour nous – après tout, notre vie quotidienne est remplie d'angoisses. Nous avons beau ne rien lui révéler de nos émotions, nous nous attendons mystérieusement à ce qu'elle les comprenne quand même. Et si elle s'éloigne de nous, se rapproche de celle qui n'est pas à notre service, alors elle enfreint la loi mythique et primitive qui la désigne comme protectrice et nourricière. Pourtant, si elle s'approche de trop près, elle nous suffoque et son angoisse contagieuse contamine notre courage fragile. Quand notre père fait ce qu'il a à faire dans le monde, nous comprenons que c'est son dû. Si notre mère fait ce qu'elle a à faire dans le monde, nous avons l'impression qu'elle nous abandonne. C'est miraculeux qu'elle survive à nos messages contradictoires, trempés dans l'encre la plus empoisonnée de la société. Ça suffit à la rendre folle.

> Je crois, la mère, dans tous les cas ou presque, dans le cas de toutes les enfances, dans le cas de toutes les existences qui ont suivi cette enfance, *la mère représente la folie. Elle reste la personne la plus étrange, la plus folle qu'on ait jamais rencontrée*, nous, ses enfants.
>
> Marguerite Duras, *La Vie matérielle*

Dans mon adolescence, la plupart des disputes avec ma mère concernaient mes goûts vestimentaires. Elle était déroutée de voir tout ce que j'extériorisais de mon intériorité. Elle n'arrivait plus à communiquer et ne me reconnaissait plus. Et c'était bien le but. Je créais un personnage plus courageux que moi. Je prenais le risque qu'on se moque de moi dans le bus ou les rues de ma banlieue. Le message implicite que portaient les fermetures Éclair de mes chaussures compensées argentées était que je ne voulais pas être comme ces gens qui se moquaient. Parfois notre désir de désappartenir est aussi fort que celui d'appartenir. Les mauvais jours, ma mère me demandait : "Tu te prends pour qui ?" À quinze ans, je ne savais pas du tout comment répondre à cette question, mais je courais après le genre de liberté qu'une jeune femme des années 1970 ne possédait pas socialement. Que pouvais-je faire d'autre ? Devenir ce que quelqu'un a imaginé pour nous, ce n'est pas la liberté – c'est hypothéquer notre vie contre la peur des autres.

Si nous ne pouvons ne serait-ce qu'imaginer que nous sommes libres, nous vivons une existence qui ne nous convient pas.

Ma mère a montré plus de courage dans sa vie que moi. Elle a fui une famille WASP de la haute société qu'elle aimait pour épouser un historien juif sans le sou. Elle a lutté à ses côtés pour la défense des droits de l'homme en Afrique du Sud. À la vingtaine, bien qu'intelligente, glamour et pleine d'esprit, elle a dû renoncer à faire des études. Personne n'a cru bon de lui dire qu'elle était très douée. Les femmes de sa classe étaient censées se marier dès qu'elles quittaient la maison ou une fois leur premier emploi trouvé. Ce devait être un boulot insignifiant qui ne déboucherait pas sur une véritable carrière. Ma mère a appris la dactylo, la sténo, et a porté des vêtements qui plaisaient à ses patrons. Elle aurait préféré être moins bonne secrétaire, mais c'est sa rapidité pour taper à la machine qui a nourri et habillé ses enfants quand mon père a été jeté en prison pour raisons politiques. Elle était dure avec moi, et pas seulement pour que je sois une fille obéissante, mais je comprends à présent que je refusais de la laisser être elle-même, pour le meilleur ou pour le pire.

Un an après que j'ai emménagé avec mes filles dans l'appartement sur la colline, ma mère est tombée gravement malade. Je passais la nuit à attendre un appel de l'hôpital, chaque heure égrenée à ma pendule par un chant d'oiseau différent. Le rossignol chantait juste avant minuit, comme s'il était perché sur les branches de l'arbre ruisselant d'eau de pluie sur le parking. Elle me répétait toujours qu'à sa mort elle voulait qu'on dépose son corps au sommet d'une montagne pour qu'il soit mangé par les oiseaux.

Au cours des quelques semaines qu'a duré son agonie, elle ne pouvait plus manger ni boire. Mais j'ai découvert qu'elle pouvait avaler une marque particulière de glace à l'eau, qui se déclinait en trois parfums – le citron vert était sa préférée, venaient ensuite la fraise et enfin l'orange, la redoutée. L'hiver n'était pas le meilleur moment pour en trouver dans les magasins, mais j'en avais dégoté dans le coffre réfrigéré de la boutique où j'achetais le journal, tenue par trois frères turcs. Ils vendaient souvent des champignons dans un cageot posé sur l'une des portes coulissantes du congélateur, lui-même trônant au milieu du magasin. Sur ces portes, on trouvait aussi des billets de loterie, des produits d'entretien à prix cassés, des canettes de boisson gazeuse, du cirage, des piles et des gâteaux. Le congélateur lui-même contenait mes glaces à l'eau, seule source de réconfort pour ma mère pendant son agonie. À l'époque, j'étais à ce point dévastée par le naufrage de mon mariage et le cancer diagnostiqué à ma mère l'année suivante que j'ai été incapable d'expliquer aux frères pourquoi j'achetais ces glaces tous les jours en plein mois de février. J'entrais, le visage sombre, les yeux toujours humides, le vélo garé dehors. Sans dire un mot, je repoussais les champignons, les billets de loterie, les produits d'entretien à prix cassés, les canettes de boisson gazeuse, le cirage, les piles et les gâteaux d'un côté du congélateur. Puis je faisais coulisser la porte et cherchais les glaces à l'eau – triomphante quand je trouvais du citron vert, contente quand je trouvais de la fraise et résignée quand je trouvais de l'orange. J'en achetais toujours deux, puis je descendais la colline à vélo jusqu'à l'hôpital où ma mère se mourait.

Je m'asseyais à côté de son lit et approchais la glace de ses lèvres, heureuse de l'entendre pousser des *ooh* et des *aah* de plaisir. Sa pépie était insatiable. Le frigo dans sa chambre n'avait pas de freezer, de sorte que la seconde glace fondait toujours, mais mon rituel était d'en acheter deux. Quand j'y repense, je ne sais pas pourquoi je n'ai pas acheté toutes les glaces du marchand pour les mettre dans mon propre congélo, mais durant cette période difficile, ça ne m'a jamais traversé l'esprit. Et puis, un jour, le grand ordre des glaces a été bouleversé. Comme d'habitude, je suis descendue chez le marchand de journaux, j'ai repoussé d'un large geste tout ce qui encombrait le congélateur et, sous le regard attentif des frères turcs, j'ai fait coulisser la porte. Il est apparu qu'il existait un quatrième parfum. Les frères n'avaient plus ni citron vert ni fraise ni même orange, aussi redoutée soit-elle. J'ai levé le regard et l'ai braqué sur les aimables yeux marron du frère cadet.

"Pourquoi est-ce que vous n'avez que des glaces goût chewing-gum ?" Je me suis mise à crier – qui voudrait fabriquer une glace au chewing-gum, sans même parler de la vendre ? Quel intérêt et est-ce qu'ils pouvaient refaire en urgence le stock des autres parfums, surtout celui au citron vert ?

Le frère n'a pas hurlé en retour. Il est resté muré dans son silence médusé pendant que j'achetais rageusement deux glaces goût chewing-gum. Sur le trajet de l'hôpital, je me disais que c'était une catastrophe, et de fait, c'en était bien une puisque ces glaces étaient plus ou moins les seules choses qui maintenaient ma mère en vie jour après jour.

Je me suis arrêtée dans quelques autres magasins sur le chemin de l'hôpital, mais aucun ne vendait la marque que ma mère pouvait avaler facilement. Je me suis malgré tout assise à côté du lit de ma mère squelettique, j'ai défait l'emballage de la glace au chewing-gum et je l'ai approchée de ses lèvres. Elle l'a léchée, a grimacé, réessayé et puis a secoué la tête. Quand je lui ai raconté que je m'étais mise à hurler comme une dingue dans le magasin, de petits sons sont sortis de sa bouche, sa poitrine se soulevant et retombant. Je savais qu'elle riait et c'est un de mes souvenirs les plus chers de nos derniers jours ensemble. Ce soir-là, alors que je lisais un livre près de son lit, j'ai jeté un coup d'œil plein de remords à la glace au chewing-gum qui fondait en formant une flaque rose dans le haricot. Je ne lisais pas vraiment, je ne faisais que survoler la page, mais c'était réconfortant d'être près d'elle. Quand le médecin est passé dans la chambre pour la dernière visite, ma mère a levé sa main fine, et de la toute petite voix qu'elle avait à ce moment-là, elle lui a ordonné sur un ton impérieux : "Allumez la lumière. Ma fille lit dans le noir."

Après son enterrement en mars, je me suis dit qu'il serait peut-être bien d'aller expliquer mon comportement étrange aux frères turcs. Quand je leur ai raconté les dernières semaines de ma mère, ils ont été si bouleversés qu'à leur tour ils sont restés sans voix. Ils ont secoué la tête, soupiré et grogné. Au bout d'un moment, le frère aîné a déclaré : “Si seulement vous nous l’aviez dit.” Le frère qui portait des vestes à la mode a ajouté : “Si vous nous aviez parlé, on serait passés chez le grossiste et on vous en aurait acheté une tonne”, et le troisième frère, celui qui avait une voix plus aiguë que ses frères aînés, s’est frappé le front de la main : “Je savais que c’était une histoire de ce genre... Est-ce que je ne vous ai pas dit qu’elle les achetait pour quelqu’un de malade ?” Ils ont tous lancé un regard noir au congélateur comme s’il était personnellement responsable du drame de la glace au chewing-gum qui avait donné mauvais goût aux derniers jours de ma mère. Cette fois j’ai ri et ils se sont eux aussi sentis autorisés à rire. Après la terreur imposée par la mort, c’était un gros soulagement de reconnaître qu’elle était aussi toujours absurde. Nous nous tenions sur les cartons aplatis posés au sol pour protéger le lino de la boue apportés par les chaussures des clients. Ils étaient détrempés, tachés, glissaient sous nos pieds, et nous avons ri. Je me sentais bien mieux après avoir expliqué la situation aux frères turcs, et d’une certaine façon, j’aurais aimé avoir mieux expliqué les choses au père de mes enfants.

Quand je suis retournée chez le marchand de journaux un dimanche pour acheter les champignons que j’avais passé des semaines à repousser avec colère, le plus jeune frère venait juste de rentrer de ses vacances en Turquie. Il m'a tendu un objet emballé dans du papier journal et m'a dit que c'était un cadeau. Il s'agissait d'une minuscule tasse en porcelaine blanche tenue dans un porte-tasse en filigrane argenté et fermée par un couvercle en argent ouvragé. Le frère m'a dit qu'il se souvenait que j'achetais du café turc chez eux et que je lui avais dit le boire dans un verre. “Mais le verre, c'est pour le thé, alors voilà une tasse pour votre café turc.”

J'ai compris que c'était un cadeau de condoléances.

Encore à ce jour, cette tasse est l'incarnation de ma mère quittant ce monde. Il faut que je dise au frère que parfois, quand j'écris, je prépare un café turc dans un petit pot en cuivre, le verse dans sa tasse dont j'abaisse ensuite le couvercle. C'est devenu une partie de mon rituel d'écriture. Siroter du café aromatique et fort de minuit au petit matin apporte toujours quelque chose d'intéressant à la page. Je me suis transformée en promeneuse nocturne sans bouger de mon fauteuil. La nuit est plus douce que le jour, plus silencieuse, plus triste, plus calme, le bruit du vent qui frappe aux fenêtres, le sifflement des tuyaux, l'entropie qui fait craquer les parquets, le bus de nuit fantomatique qui passe et repasse – et toujours, dans les villes, un son lointain qui ressemble à la mer, qui n'est pourtant que la vie, *plus de vie.* Je me suis aperçue que c'était ça, que je voulais, après la mort de ma mère. Plus de vie.

J'ai cru en quelque sorte qu'elle mourrait et serait toujours en vie. J'aimerais me dire qu'elle est dans ce son lointain qui ressemble à la mer où elle m'a appris à nager, mais elle n'y est pas. Elle est partie, a filé, disparu.

Quelques mois après sa mort, je lisais un extrait de *Ce que je ne veux pas savoir* à un festival berlinois. L'interprète était assise à côté de moi. Nous nous étions mises d'accord pour que je lise trois lignes en anglais qu'elle traduirait ensuite en allemand pour les spectateurs. J'ai commencé à lire et puis je suis arrivée au passage où j'ai sept ans et suis dans les bras de ma mère. Je n'avais pas prévu un tel choc, comme une rencontre fantomatique.

> Quand nos têtes se sont touchées, il y avait de la douleur et il y avait aussi de l'amour.

Ma voix s'est brisée et j'ai fait une pause au milieu de la phrase. L'interprète a attendu que j'aille au bout des trois phrases convenues. Je l'avais laissée en rade, une phrase brisée en suspens entre nous. Si les mots étaient des trains, ils avaient ralenti d'un coup jusqu'à l'arrêt.

Quand, enfin, ils sont arrivés en gare, éclaboussés de la poussière du passé africain, le ton de l'interprète était sec et terre à terre – ce qui était peut-être une bonne chose. Cette difficulté à faire sortir les mots de ma bouche m'a renvoyée directement à l'année de mon enfance où je suis restée muette. Chaque fois qu'on me demandait de parler, de parler plus fort, les mots fuyaient, tremblants et honteux. C'est toujours cette lutte pour trouver les mots qui m'informe que le langage est vivant, vital et capital. On nous explique depuis notre plus jeune âge que c'est une bonne chose de pouvoir s'exprimer, mais on investit autant à mettre un terme au langage qu'à le trouver. La vérité n'est pas toujours l'invitée la plus divertissante à table, et de toute façon, comme le suggère Duras, nous nous trouvons toujours plus irréels que les autres.

Après cette lecture à Berlin, j'étais assise avec mon éditrice allemande devant la tente des auteurs. Elle avait une question à me poser.

“Quand vous lisez à voix haute, est-ce que vous êtes une actrice ?”

Elle parlait de l'émotion avec laquelle j'avais lu ces quelques dernières phrases au public. C'était l'occasion de lui raconter que ma mère était décédée depuis peu et que ça avait été un choc de la retrouver dans les pages de mon livre. Mais je ne l'ai pas dit. Je n'ai rien dit du tout.

Les frères turcs ont mieux géré la situation que mon éditrice.

“Vous êtes très pâle”, a-t-elle observé. Je n’ai pas su répondre à ça non plus.

Au bout d’un moment, j’ai pointé du doigt un marchand ambulant qui vendait des *currywursts* sur le site du festival et j’ai dit à mon éditrice que je voulais écrire sur un homme qui serait un personnage principal et qui se tiendrait à côté d’un camion vendant des *currywursts* sous la neige à Berlin, attendant quelqu’un qu’il avait trahi.

“La *currywurst* n’est pas un plat romantique, m’a-t-elle interrompue.

— C’est vrai, mais l’amour est comme la guerre ; il trouve toujours un chemin.”

L’amour a effectivement trouvé un chemin durant la guerre intermittente entre ma mère et moi. La poétesse Audre Lorde l’a dit mieux que moi : “Je suis le reflet de la poésie secrète de ma mère et de ses colères cachées.” En 1992, la mienne m’a envoyé une carte postale de Johannesburg, où elle s’était rendue pour voir les amis qui l’avaient aidée à faire vivre sa famille durant les années d’instabilité politique et de transition de l’apartheid à la démocratie.

Début de vacances merveilleuses avec l’anniversaire de Walter Sisulu. J’y ai retrouvé des gens pas vus depuis un siècle, j'ai l'impression. J'étais assise à côté de Nadine Gordimer. Elle est minuscule & mince & comme un oiseau & brillante.

Ma mère avait tracé un X au stylo sur le recto de la carte et écrit : *Le X indique où je suis.* Apparemment, elle était dans un quartier situé au-delà du grand autopont, près d'une antenne téléphonique et d'un gratte-ciel. C'est ce X qui me touche le plus à présent, sa main tenant le stylo-bille, l'appuyant sur la carte postale, marquant sa position pour que je puisse la trouver.

Dix

Le X indique où je suis

Durant les quelques semaines qui ont suivi la mort de ma mère, j'ai complètement perdu le sens de l'orientation. J'étais déboussolée, comme si une sorte de système de navigation interne avait perdu le nord. Pendant ce deuil, je n'ai pas voulu prendre mon vélo électrique, alors j'ai téléchargé l'application d'une compagnie de taxis sur mon téléphone portable. Le chauffeur était guidé vers l'endroit où je me trouvais, l'idée étant qu'il me conduise ensuite jusqu'à ma destination à l'aide d'un navigateur satellite. C'est à cette occasion que j'ai connu la terreur primale d'être perdue dans Londres, ma ville bien-aimée, alors que je dépendais d'un chauffeur qui n'avait pas la moindre idée d'où il allait. Je pouvais affirmer qu'un navigateur satellite n'était pas une mère sur qui on pouvait compter.

Où sommes-nous à présent ? Où étions-nous auparavant ?

Le chauffeur ne pouvait pas répondre à ces questions. Aucun X n'était tracé dans son esprit. Si le navigateur l'emmenait vers le sud quand je devais aller au nord, alors nous allions au sud.

Le navigateur était son unique boussole. Nous roulions au début de la Genèse, au moment où la Terre était encore informe et déserte – à l'exception des symboles apparaissant à l'écran. J'avais l'impression que ces navigateurs avaient débranché la capacité de ces chauffeurs à habiter la ville. Ces derniers étaient devenus déracinés, déconnectés de l'histoire, incapables de faire confiance à leur mémoire ou à leurs sens pour mesurer la distance entre un lieu et un autre. La Tamise, que les Londoniens appellent *le fleuve*, n'avait aucune signification géographique pour le chauffeur. L'eau saumâtre, plutôt salée, qui parcourait près de trois cent cinquante kilomètres n'était que l'une des nombreuses rivières abstraites traversant les villes abstraites du monde. *Le fleuve*, autrefois le Port de Londres où les apprentis mangeaient du saumon pêché dans ses profondeurs, n'était plus qu'une grammaire de symboles numériques. Alors que j'écoutais la voix de robot calme mais ferme donner ses indications, je me suis aperçue que nous aurions pu être n'importe où, du moment que la Voix était avec nous. Il n'y avait plus de *repères*. Le chauffeur n'a pas jeté un seul coup d'œil au Albert Hall quand nous l'avons longé au nord de South Kensington, il n'avait pas conscience de la présence physique du bâtiment, mais était existentiellement *seul tout en étant en compagnie* de son navigateur satellite. En vieil anglais, on aurait dit que l'Albert Hall était un *landmearc*, un point de repère, mais le chauffeur ne travaillait qu'avec des *mearcs* numériques – et, en prime, des informations sur le trafic en temps réel.

Si tout ceci me donnait autant le vertige, c'était peut-être parce que j'avais été coupée de mes propres origines. Ma mère était mon lien à l'Afrique et à l'Angleterre. Son corps était mon premier *landmearc*. C'était elle qui avait élevé ses enfants, et la plupart de mes souvenirs d'enfance étaient liés à sa présence sur Terre. Elle était mon navigateur satellite primal, mais l'écran s'était éteint.

Si nous roulions à travers une ville ancienne guidés par une Voix numérique, j'étais de mon côté immergée dans les appareils que j'avais emportés. Ils étaient devenus, pour reprendre l'expression de la chercheuse Sherry Turkle, mon *deuxième moi* tandis que je cherchais les mots de passe que j'avais oubliés ou quelque chose d'autre sur Google – il y a tant de questions à poser, après tout.

Comment déclarer un décès ?

À cette époque-là, j'étais devenue un aimant pour toutes sortes de gens perdus. J'ai effectué un trajet dans un taxi typiquement londonien avec un chauffeur qui connaissait parfaitement la ville, mais dont l'esprit s'était égaré, avait volé en éclats. Ses propos n'avaient ni queue ni tête. Il m'a expliqué qu'il cherchait des distributeurs de billets dans Londres, des trous dans les murs pour pouvoir communiquer avec les extraterrestres qui attendaient son message. J'ai décidé de descendre avant d'arriver à destination. Tout compte fait, je préférais les chauffeurs sains d'esprit et d'une ignorance pleine d'humilité.

L'homme qui avait pleuré à l'enterrement m'a raconté qu'il avait perdu le sens de l'orientation après la mort de son amant. Il avait une semaine de congés devant lui et m'a proposé de me servir de chauffeur. Il m'a conseillé d'en profiter et m'a suggéré de prendre moi aussi des vacances. Je lui ai dit que je ne pouvais pas me le permettre, mais j'ai fini par céder. Il savait plus ou moins où il allait. Il arrivait que son nouvel amant, Geoff, nous accompagne. Un jour, une inconnue a pris place dans la voiture, en fait la femme aux longs cheveux noirs qui était assise sur le canapé en velours rouge à la fête, Clara. C'était sa collègue, une universitaire d'Amérique du Sud venue au Royaume-Uni avec une bourse de recherche. Je n'étais pas sûre de bien comprendre pourquoi Clara était dans la voiture avec nous, mais elle semblait apprécier. Puisque nous étions coincés dans les embouteillages, elle a sorti son stylo et a commencé à écrire quelque chose sur un bout de papier.

Elle semblait légèrement tourmentée, comme si elle essayait de démêler des pensées, alors j'ai regardé par-dessus son épaule pour voir ce qu'elle écrivait.

tomates avocats ~~citrons~~ citrons verts

Un jour, alors que nous descendions les trois kilomètres de Holloway Road, je lui ai dit : "On est sur Holloway Road. C'est un peu comme la mer Adriatique." Clara a regardé par la vitre les trois couloirs de circulation. Une voiture de police, sirène hurlant, filait sur le couloir des bus. Des canettes de bière, des parapluies cassés et une barquette de frites étaient entassés sur le trottoir. Clara a demandé comment on appelait le revêtement de la route. Geoff, qui avait ses lunettes accrochées à une chaîne autour du cou, les a brandies devant ses yeux et a regardé à travers les verres comme s'il était à l'opéra. Il lui a demandé si elle voulait parler de l'*asphalte*.

"Oui, a-t-elle répondu, sous l'asphalte, la plage."

J'avais l'impression d'avoir pris des vacances dans une voiture avec trois compagnons intéressants.

L'homme qui avait pleuré à l'enterrement m'a raconté que Clara était une professeure si distinguée que ses étudiants n'arrivaient pas *à l'heure* à ses cours, ils arrivaient *en avance*. Elle était spécialiste des grands soulèvements populaires contre les élites militaires et bureaucratiques. Il est apparu que Clara aimait nager tous les jours. Nous avons décidé d'aller nager toutes les deux, à condition de ne pas discuter quand nous serions dans l'eau. On nous déposait devant différentes piscines de Londres et nous avons découvert que nous avions beaucoup de choses à nous raconter entre deux longueurs de crawl. Elle tressait ses cheveux avant d'entrer dans l'eau. Quand elle a perdu sa bague en turquoise, elle a demandé au maître-nageur de vider la piscine. Il a cru à une plaisanterie, mais elle était sérieuse. Nous avons fini par retrouver la bague au bord du bassin où elle l'avait laissée entre les pages de son livre. Notre chauffeur nous attendait toujours à la sortie, nous et nos serviettes mouillées roulées sous le bras. Nous déjeunions dans des pubs et nous nous promenions dans les parcs de Londres. C'était le printemps et les jonquilles poussaient au milieu de l'herbe. D'une certaine façon, avoir un chauffeur était comme d'avoir un parent, moins le passé commun.

Clara a proposé de cuisiner un repas chez moi. J'ai accepté à la condition que mon chauffeur temporaire et son amant désormais permanent se joignent à nous. Elle est partie acheter un poisson appelé tilapia mais est revenue avec des vivaneaux. J'avais pour mission d'acheter des citrons verts (et non de simples citrons), des avocats, des tomates. Elle m'a avoué que les couloirs de mon immeuble lui avaient fichu une sacrée frousse.

"Oui, ai-je répondu. Je les appelle 'les Couloirs de l'Amour'."

Elle s'est mise à frire le poisson et la fumée a envahi la cuisine. Elle était sereine et je ne m'ennuyais pas avec elle. Elle avait aussi acheté une bouteille d'aguardiente, un alcool fort au goût d'anis. Elle se disait que son eau-de-vie était un remède au deuil. "C'est un bon anesthésiant."

Elle m'a parlé de sa ville, de ses opinions politiques et de sa famille. Elle m'a posé des questions : où, quand, où ? Je lui ai raconté que j'avais passé les neuf premières années de ma vie en Afrique du Sud ; le reste en Grande-Bretagne. Pendant qu'elle versait le jus des citrons verts sur les vivaneaux, elle a voulu savoir si j'étais nostalgique de mon enfance en Afrique. J'ai répondu que, de mon point de vue, la nostalgie était une perte de temps. Je n'ai jamais voulu recouvrir le passé d'un drap pour le protéger du changement. Elle m'a dit que les graines de l'avenir sont toujours plantées dans le passé. Apparemment, les citrons verts que j'avais achetés n'étaient pas les bons. Elle n'arrêtait pas de m'interroger. Pendant mes longues années de mariage, cela avait été un soulagement qu'on ne me pose aucune question. À l'époque, ça me convenait parfaitement. Il y avait tant de choses dont je ne voulais pas parler.

Clara cuisinait et demandait où se trouvaient les ustensiles – "Où sont les cuillères, où est la planche à pain, d'où sort ce papillon dans ta cuisine ?" Je lui ai dit que c'était une mite. Nous avons parlé des dimanches, de dim sum, de gelée de goyave, d'argent, des frères et sœurs, des moustiques, des avantages et des inconvénients de la cinquantaine – nous avons décrété que cette dernière était plutôt positive. Nous avons parlé de recherche et de mon cabanon, de Celia qui lisait un recueil de poèmes écrit par Alun Lewis, un auteur gallois, et intitulé : *Ha ! Ha ! Among the Trumpets.* Quand Celia avait découvert ce livre à la bibliothèque de son école, elle avait quinze ans. Elle en avait aujourd'hui quatre-vingt-quatre et me le lisait à voix haute dans sa cuisine. Clara trouvait que je vivais *la dolce vita.*

Oui et non, ai-je répondu. "Pourquoi oui et non ?" Je voyais à peine à travers le nuage de fumée. Les poissons étaient désormais noirs. J'ai expliqué une partie de ce qui se trouvait entre le oui et le non. Tandis qu'elle coupait un oignon avec un couteau à beurre, elle m'a dit : "Tu devrais aller ouvrir la porte à nos amis. Tu sais qu'il y a un problème avec ta sonnette ?"

Quand je suis retournée à la cuisine, elle faisait revenir des pignons et des piments rouges dans une poêle à part.

Je lui ai tendu le sel à travers la fumée.

“Est-ce que je peux te prendre en photo avec mon téléphone ? a-t-elle demandé.

— D’accord, mais on ne voit rien avec cette fumée. Au fait, il y a un couteau plus aiguisé dans le tiroir.”

Flash.

Elle a glissé le téléphone dans la poche arrière de son jean et a demandé s’il m’arrivait de mettre du sel de mer dans mon bain : “Ça adoucit l’eau.” Elle avait remarqué qu’à Londres l’eau était calcaire. “Au fait, la plupart des professeurs de ma fac ici regardent le cricket. Tu aimes ce sport ?”

J’ai répondu que je préférais l’escrime. Elle a saisi une mèche de ses longs cheveux noirs qui s’était libérée et l’a rejetée derrière son épaule, loin des grosses flammes de la plaque de cuisson. Elle m’a raconté que ses frères et elle se battaient avec des bâtons quand ils étaient petits, ce qui s’apparentait à de l’escrime. Il fallait comprendre qu’elle était la seule fille de son père et avait sept frères. Difficile de trouver un endroit tranquille pour étudier. Il lui arrivait de faire ses devoirs dans le placard sous les escaliers. Sa mère cuisinait pour les dix membres de la famille puis s’asseyait seule dans la cuisine avec un petit bol de riz. Soudain, Clara a sursauté devant la poêle et m'a demandé s'il y avait un oiseau chez moi. J'ai expliqué qu'elle venait d'entendre le pivert de mon horloge.

"Tu devrais te débarrasser de ces oiseaux ridicules.

— C'est drôle, c'est exactement ce que j'ai dit à une de mes étudiantes.

— Qu'est-ce qui te plaît dans cette horloge, au juste ?"

J'ai réfléchi un moment.

"Les oiseaux me tiennent compagnie et interrompent les pensées tristes.

— Oui, je comprends." Elle avait l'air assez professorale, à cet instant, même avec une cuillère en bois à la main. "Tu sais, a-t-elle repris, si ma mère aimait manger seule dans la cuisine, c'est parce que c'était l'unique endroit où elle pouvait s'entendre penser. Elle n'avait nulle part ailleurs où aller. Mais toi, tu as un cabanon. Tu as une horloge aux oiseaux dans ton cabanon ?"

Je lui ai répondu que non.

"Ma mère, son but dans la vie était d'accoucher. Elle vivait pour son homme et ses enfants. Elle ne se disait pas que c'était ce qu'il y avait de pire. Elle n'était pas du genre secret. C'était quelqu'un d'ouvert. Dans le quartier, tout le monde venait demander son avis à ma mère."

Elle m'a dit que le fromage qu'on produisait chez elle plairait beaucoup à mes filles. Il était doux et frais.

“Et donc tu te verrais vivre à nouveau avec quelqu’un ? a-t-elle voulu savoir.

— Seulement de loin. Une relation à distance.

— Non, il se passe trop de choses entre l’arrivée et le départ pour vivre une relation longue distance.”

Je lui ai demandé de me parler de sa bague en turquoise.

Elle a préféré ne rien dire.

“Et ça ?” m’a-t-elle interrogé en désignant les épuisettes de mes filles rangées dans le placard à balais.

Je ne parvenais toujours pas à parler de ces épuisettes donc je n’ai pas répondu. Elles étaient des portiques sur le passé, comme les fleurs, comme tout, peut-être comme la bague en turquoise.

Elle en a sorti une et l’a inspectée.

“Le manche est trop long. Il faudrait qu’il soit plus court pour pouvoir manier l’épuisette plus rapidement et attraper le poisson.”

Au même moment, l’homme qui avait pleuré à l’enterrement est apparu dans la fumée avec son amant.

“Nous raccourcissons le passé, a déclaré Clara en pointant l’épuisette du doigt, ce qui, en fait, est surtout un désir réactionnaire de bâillonner le savoir.”

Onze

Bruits de pas dans la maison

Où sommes-nous aujourd'hui ? Où étions-nous avant ?

J'étais à la gare de Saint-Pancras, sur Euston Road, où j'attendais de prendre un Eurostar en direction de Paris pour la publication française de *Sous l'eau*. Apparemment, j'étais censée arriver à la gare du Nord juste à temps pour une rencontre à l'heure du petit déjeuner. Il était quatre heures du matin et je regardais les affichages des départs, un gobelet de café à la main. Plus loin se dressait une statue en bronze représentant un homme et une femme enlacés dans un élan amoureux. Pour eux, était-ce un départ ou une arrivée ?

Partout autour de moi résonnaient les bruits et les signaux du voyage – les gens traînant leurs valises à roulettes, recherchant divers documents à la dernière minute, achetant des bouteilles d'eau et des journaux. En écoutant les annonces des annulations et des arrivées, un souvenir m'est soudain revenu, tombé du bleu du ciel dans l'aube orange de Londres, celui du train que ma famille et moi avons pris en 1968 après avoir débarqué à Southampton en provenance d'Afrique du Sud. Ce train allait nous conduire à la gare de Waterloo. J'étais assise près de mon frère à une place côté couloir, face à nos parents. Et par la fenêtre, nous tous regardions l'ANGLETERRE.

Je me suis toujours raconté que le trajet avait été joyeux. Oui, je me suis raconté une histoire où nous riions et papotions en mangeant des chips. Je me suis rendu compte ce matin-là à Saint-Pancras que ce trajet vers Waterloo avait été terrifiant. J'avais neuf ans. Où étaient nos affaires ? Où étaient mes vêtements ? Mes jouets ? Où étaient nos effets personnels ? Les meubles de la maison familiale ? Et de toute façon, où allions-nous vivre en Angleterre ? Irais-je à l'école ? Il n'y avait eu ni rires ni papotages. J'avais lu avec angoisse le nom de toutes les gares jusqu'à Waterloo. La main de ma mère avait tremblé en tendant nos billets au contrôleur. Mon père regardait par la fenêtre. Ma mère regardait ses enfants.

C'était là que j'étais avant.

Le temps que je trouve ma voiture et que je monte dans l'Eurostar, le son retrouvé de ma famille secouée et silencieuse dans ce train quittant Southampton a continué de résonner à mes oreilles de manière incommodante. Il m'avait fallu un temps fou pour l'*entendre*. Un temps encore plus long pour l'*éprouver*. Comme moi, les autres passagers de l'Eurostar étaient à moitié endormis. Les hommes s'étaient rasés, certaines des femmes étaient parfaitement maquillées. Nous avons trouvé nos places, retiré nos manteaux, posé nos ordinateurs portables, nos tablettes et nos téléphones devant nous. Le train a quitté Saint-Pancras et entamé son trajet vers la France, lequel prendrait à peine plus de deux heures.

Une jeune fille d'environ dix-sept ans était assise à côté de moi, les cheveux teints en bleu. Avec ses écouteurs dans les oreilles reliés à son ordinateur portable, elle suivait un programme débutant pour apprendre le français. Pour cela, elle devait répéter tout haut des mots prononcés par une voix artificielle. Bien sûr, elle ne pouvait pas le faire dans le train, mais ses lèvres percées d'un minuscule anneau en argent remuaient pendant qu'elle récitait tout bas les verbes et les substantifs. J'ai jeté un coup d'œil à l'écran de l'ordinateur posé sur la tablette que nous partagions et j'ai aperçu un encart précisant que le français possède deux genres grammaticaux, le masculin et le féminin ; "femme" était féminin, de même que le mot "chaise", alors que "cheveu" était masculin.

Elle-même avait tressé ses cheveux bleus pour le trajet, deux tresses tenues par des élastiques auxquels étaient cousus de petites roses en coton. C'était une chevelure très expressive. Elle m'a expliqué qu'elle était originaire du Devon, et quand j'ai demandé où dans le Devon, elle a répondu : "La campagne."

Lorsque l'Eurostar est arrivé à la gare d'Ashford International, le dernier arrêt avant d'entrer dans le tunnel sous la Manche, un homme d'environ soixante-dix ans s'est assis en face de nous. Il a demandé à l'adolescente si elle voulait bien déplacer son ordinateur pour qu'il ait plus de place sur la tablette. Elle a mis son ordinateur sur ses genoux. Ça n'était qu'une petite réorganisation de l'espace, mais au final, l'adolescente s'était totalement retirée pour que l'homme puisse poser son journal, son sandwich et sa pomme.

Au bout d'un moment, il m'a expliqué qu'il allait à Paris récupérer la paire de chaussures que sa femme avait oubliée dans leur chambre d'hôtel. Apparemment, ils avaient récemment passé un week-end à Paris pour fêter leur anniversaire de mariage. Sa femme lui avait dit de ne pas se donner la peine de retourner chercher ses chaussures, mais il m'a expliqué qu'il n'avait pas eu le choix parce qu'il ne faisait pas confiance aux services postaux pour les leur livrer chez eux dans les North Downs du Kent. Quand il a approché la pomme de ses lèvres et a mordu dedans, je me suis penchée vers la jeune fille et j'ai dit : "Pomme est féminin... en français.

— *La pomme**[01]", a-t-elle dit, en fronçant les sourcils, mais en fait elle a dit : "*La pomme* ?*", comme si elle n'était pas sûre d'avoir raison, d'où ses froncements de sourcils.

Pendant ce temps, l'homme me disait que ce retour à Paris ne lui plaisait pas particulièrement. "Vous savez, a-t-il murmuré, les migrants, les réfugiés qui entrent clandestinement dans le tunnel, ceux qui grimpent sur le toit des trains." Il a désigné son oreille droite. "Il faut être vigilant et guetter les bruits de pas.

— Vous allez le faire ? lui ai-je demandé. Vous allez guetter les bruits de pas sur le toit du train ?

— Oh oui, et je les *entendrai*."

Je lui ai demandé si les chaussures oubliées par sa femme avaient une valeur particulière. Après tout, il allait jusqu'à Paris pour les récupérer.

01 — Les mots et expressions en italiques suivis d'un astérisque sont en français dans le texte original.

Entre-temps, la jeune fille aux cheveux bleus avait enlevé ses écouteurs, notamment parce qu'il était trop peu commode de se concentrer sur son logiciel d'apprentissage en ayant l'ordinateur sur les genoux.

L'homme nous a expliqué qu'il s'agissait de chaussures orthopédiques. Sa femme avait une jambe plus courte que l'autre, de sorte que sa chaussure gauche était compensée. Elle avait un talon prévu pour corriger son déséquilibre et redresser sa colonne vertébrale.

J'avais envie de lui demander quel genre de chaussures sa femme (sans nom) avait porté pour regagner le Kent. Si elle avait oublié ces chaussures vitales dans leur chambre d'hôtel, en avait-elle une autre paire ? Il paraissait intrusif de lui demander d'en dévoiler davantage sur les pieds de sa femme, mais il a bien voulu reconnaître que "sans ces chaussures en particulier, il n'entendait pas ses pas dans la maison". En général, il savait si elle allait aux toilettes ou si elle descendait les escaliers parce que la chaussure gauche émettait un bruit de claquette. Maintenant qu'elle portait des souliers plus légers, il avait du mal à suivre ses déplacements ce qui, a-t-il dit, "était un peu angoissant".

Je lui ai demandé s'il avait peur qu'elle tombe.

Non, son équilibre était stable. En fait, elle-même préférait ces souliers plus légers, mais il avait besoin de récupérer au plus vite les chaussures orthopédiques pour pouvoir entendre les pas de sa femme dans la maison.

Les bruits de pas semblaient l'obséder. Je me demandais si son épouse n'avait pas fait exprès d'oublier ses chaussures à Paris pour empêcher son mari de toujours savoir où elle était. Si des migrants s'accrochaient au toit du train, c'était très certainement qu'eux aussi tentaient de s'enfuir. Apparemment, cet homme s'était donné pour mission de ne laisser personne sous sa garde lui échapper.

Vu qu'il avait terminé sa pomme, j'ai suggéré à la jeune fille de remettre son ordinateur sur la tablette. Elle l'a fait, mais à un angle bizarre pour ne pas déplacer le journal de l'homme, posé au milieu de la tablette. Quand j'ai demandé à ce dernier de décaler son journal pour que la jeune fille puisse poser l'ordinateur, il m'a fait répéter deux fois, comme s'il ne me comprenait pas. J'ai fini par dire : “Elle étudie”, et comme ça non plus il ne le comprenait pas, j'ai ajouté : “Elle travaille.”

On nous a annoncé l'entrée dans le tunnel en anglais, puis en français. D'autres informations ont suivi dans les deux langues. Le trajet sous la mer était de trente-huit kilomètres et prendrait quatorze minutes.

C'est parti. Nous traversons ce qui était autrefois un océan de chaos et de ténèbres. Des marées basses. Des marées hautes. Du plancton. Du corail. Nous sommes à quarante-cinq mètres sous les fonds marins.

L'Eurostar était un vrai sous-marin. J'ai fermé les yeux et j'ai été gagnée par une somnolence que hantaient des bruits de pas. D'abord le *tap tap* des chaussures orthopédiques de l'épouse enchaînée et sans nom. Ils se sont adoucis dans l'épais bruit de glissement créé par le tunnel sous la Manche, ils sont devenus de plus en plus doux, presque inaudibles, mais toujours présents. Des migrants marchaient-ils sur le toit du train ? Non. C'était le bruit de pieds nus marchant sur l'*asphalte*. À qui sont ces pas ? Des pas peuvent-ils être à quelqu'un ? Oui, ils sont à *elle*.

Elle a neuf ans et elle marche sur l'asphalte pour traverser Holloway Road.

Sa mère, désormais décédée, lui a coupé la frange de travers avec des ciseaux à ongles. Elle est moi et marche sous la pluie vers la maison familiale, vers mon ancienne vie. Ma vie de femme mariée. L'adresse est écrite sur son bras encore bronzé, même si elle vit en Angleterre depuis deux mois. Elle porte une robe d'été et est pieds nus. Elle s'est arrêtée avec obéissance au *robot*, ainsi qu'on appelle les feux de signalisation en anglais, a-t-elle appris, de même qu'on appelle *ketchup* la sauce tomate, sans parler des *chips* qui sont en fait des frites. Elle demande son chemin et son accent est étrange. Les gens sont gentils. Elle sourit tout le temps, elle est adorable et jolie. Elle a les yeux verts, les sourcils noirs. Il y a assez de gens gentils autour d'elle pour lui indiquer la bonne direction. Quelques-uns sont surpris de la voir pieds nus, mais chaque fois qu'elle le peut elle préfère se passer de chaussures. Elle trouve la rue en retrait de Holloway Road, près de Whittington Park. Elle cherche la maison victorienne où son moi d'une quarantaine d'années a créé un foyer pour sa famille.

Quand elle frappe à la porte de cette maison mitoyenne, une femme lance : *Qui es-tu ?* Elle parle avec un accent anglais, la voix grave.

Je suis toi, lui répond la petite fille avec un fort accent sud-africain.

La pluie continue de tomber sur l'enfant échouée devant la maison de celle qu'elle sera plus tard, une Anglaise plus ou moins assimilée qui se tapit de l'autre côté de la porte. Que se passera-t-il si elle invite l'enfant de neuf ans dans cette maison, avec sa plomberie victorienne et ses filles anglaises, âgées de douze et six ans, qui regardent *The Great British Bake-Off* à la télé dans le salon ?

La petite inconnue est têtue et ne veut pas partir. Elle dégage une odeur qui vient d'ailleurs. Une odeur de plantes qui ont poussé sur le sol africain, de trottoirs en ciment brûlants après un orage, ou de litchis dont on a retiré la coque rugueuse. Elle a les pointes de cheveux pleines de soleil, elle n'a nagé que dans des océans tendus de filets pour éloigner les requins, elle a pleuré en voyant la boîte où elle glissait des lettres à son père. Sur les quatre années où celui-ci a été prisonnier politique luttant pour la démocratie en Afrique du Sud, elle en a passé presque une entière muette, mais maintenant elle frappe courageusement à la porte. Quand on finit par lui ouvrir, elle entre. Ses pieds nus et mouillés laissent des empreintes dans le couloir. Elle tourne à gauche dans le salon et saute sur le canapé à côté des petites Anglaises. Ce sont les filles à qui elle donnera naissance quand elle aura une trentaine d'années.

La critique culinaire Mary Berry goûte une génoise. Le chef Paul Hollywood en arrache un morceau de ses grosses mains pour vérifier qu'elle est légère comme une plume et humide. L'enfant sud-africaine semble heureuse de se concentrer sur les joies de la pâtisserie. Celle qu'elle sera à quarante ans regarde cette enfant avec méfiance. Elle ne veut pas qu'elle cause d'ennuis à ses filles et leur dise d'aller se trouver de vrais problèmes quand elles se plaindront de ne pas avoir la bonne marque de baskets pour l'école. Elle n'a jamais voulu que ses enfants aient besoin d'être courageuses. Courageuses comme les enfants qui fuient la guerre sur des bateaux qui prennent l'eau. Combien de médailles est-ce qu'un enfant a besoin d'avoir, accrochées à son pyjama ? Elle n'a jamais eu la preuve qu'exiger des enfants qu'ils se montrent très courageux, plus courageux que quiconque ne devrait l'être, était bon pour eux. Elle avait vu le courage des enfants africains dans son pays natal, qui avaient perdu leurs parents dans la lutte pour les droits de l'homme comme d'autres enfants perdaient leurs dents de lait.

Elle regarde la petite fille de neuf ans qu'elle était rejoindre les enfants anglaises pour dire que le gâteau de gauche est plus réussi parce que la confiture est mieux répartie et qu'il n'est pas trop sucré, puis elle pousse des cris de joie quand les juges abondent dans son sens. Elle est heureuse que la petite inconnue se sente chez elle dans sa maison. Fonder un foyer exige du temps, du dévouement et, surtout, de l'empathie. L'intérêt d'avoir un foyer est de pouvoir offrir l'hospitalité à des inconnus, même si l'enfant n'est pas vraiment une inconnue.

Et toutes ont tourné la tête. Un homme est entré dans la pièce, une bière dans la main droite. L'enfant qui n'est pas exactement une inconnue sait qu'il s'agit de l'Anglais qu'elle épousera vingt-cinq ans plus tard. Il ne la voit pas non plus. Il la rencontrera à Cambridge, où elle vivra dans un appartement en face de celui de Wittgenstein.

> La tragédie survient quand l'arbre, au lieu de plier, rompt.

Ils vivront ensemble dans cette maison pendant plus de deux décennies. Et puis leur mariage, au lieu de plier, rompra. Ils mettront en carton tous les ustensiles de pâtisserie et décrocheront la pendule du mur.

À la gare du Nord, mon éditeur m'attendait au bout du quai et m'a accompagnée à la rencontre prévue à l'heure du petit déjeuner. La première question concernait le sens de ces quelques lignes que j'avais écrites dans la maison en retrait de Holloway Road.

> La vie ne vaut d'être vécue que parce que nous avons l'espoir que ça ira mieux et que tous, nous pourrons rentrer chez nous sains et saufs.

Douze

Le début de tout

Mon meilleur ami était donc marié pour la troisième fois. Il avait tenu à acheter la veste jaune pour la cérémonie, que j'appelais "son papier peint jaune". Dans le livre du même nom écrit par Charlotte Perkins Gilman, une épouse essaye d'échapper à son mari et à sa vie par le papier peint jaune de la maison familiale.

À vingt-trois heures, une nuit, mon meilleur ami a débarqué chez moi vêtu de cette veste qui, bizarrement, avait encore l'épingle à nourrice au revers où avait été accroché le petit bouquet de bleuets. Il ne semblait pas vouloir rentrer chez lui. Vers minuit, nous nous tenions sur le balcon de mon immeuble qui tombait en ruine au sommet de la colline quand j'ai vu quelque chose voler vers nous. Au début, je ne comprenais pas ce que c'était, puis j'ai vu qu'il n'y en avait pas un mais trois. Des oiseaux. Quand ils sont venus se percher sur la rambarde du balcon, mon ami s'est mis à tousser, une toux assez sèche, qui n'a pas semblé les effrayer. Les oiseaux avaient tourné la tête sur le côté comme s'ils regardaient ailleurs, mais nous savions qu'ils nous observaient.

Quand nous nous sommes approchés pour mieux voir leur crête, nous avons pensé qu'il s'agissait peut-être de perroquets. Cet examen approfondi a paru les déranger davantage que la toux sèche de mon ami. Le plus petit des trois a commencé à tirer sur ses plumes, ce qui nous a mis mal à l'aise et nous sommes finalement rentrés chercher sur Internet de quel oiseau il s'agissait.

Pendant que je sortais mon ordinateur portable, nous nous sommes avoué qu'en apercevant les oiseaux qui se dirigeaient vers nous notre esprit avait paniqué. Nous avions cru qu'il s'agissait peut-être de drones ou même de missiles. J'ai ouvert mon ordinateur et googlé les perroquets. Mon ami s'est assis à côté de moi, coudes sur la table, m'a versé du vin, nos quatre yeux rivés à l'écran.

“Tu sais, ai-je dit, cette année a été remplie d'oiseaux. Je ne sais pas ce qui se passe. Tout a commencé avec mon horloge.”

Apparemment, des colonies de perroquets sauvages vivaient en liberté à Londres ; nous étions d'avis que ces oiseaux ressemblaient plutôt à des cacatoès. Ces animaux aimaient manger de petits lézards, des graines, des fruits, des racines et des légumes.

Nous sommes retournés sur le balcon pour les regarder une fois de plus. L'oiseau du bout, le plus petit qui s'était arraché des plumes, avait échangé sa place avec le dodu du milieu. Les plumes jaunes sur leurs ailes correspondaient plus ou moins à la photo des cacatoès que nous avions vue un instant plus tôt à l'écran. On s'est dit qu'il fallait les nourrir, alors on a coupé une pomme ainsi qu'une banane et posé les fruits sur le guéridon à côté de la rambarde. Ça n'a pas eu l'air de les intéresser alors on leur a tourné le dos pour aller finir la bouteille de vin à l'intérieur.

Mon ami a levé son verre. "Je porte un toast à toutes les années de notre longue amitié."

J'ai trinqué avec lui.

"À nos quinze ans, quand on était immortels, a-t-il ajouté. Et à nos pauvres parents à qui on a causé des angoisses pendant tout ce temps. Et au fait de s'être remis de ces quelques dernières années. On n'est pas juste amochés. On est *blessés*."

Son téléphone a carillonné.

"C'est sûrement Nadia, ai-je dit.

— Non, non, ce n'est pas ma femme. C'est un robot qui veut me vendre une assurance. Nadia se moque de savoir où je suis. Nadia s'ennuie avec moi, rien de ce que je dis ne l'intéresse. Apparemment, elle sait d'avance ce que je vais dire et ne supporte pas d'avoir à m'entendre le dire. En fait, elle peut à peine

me regarder, elle est très occupée et j'ai l'impression que mon corps la révulse aussi.
— Tu devrais rentrer chez toi...
— Non !" Voilà qu'il criait. "Tu n'écoutes pas. Je ne me sens désormais plus le bienvenu chez moi.
— Désolée de l'apprendre.
— Non, non, tu ne comprends pas." Il s'arrachait ce qui lui restait de cheveux. "Je l'aime et c'est le début de tout."

Il m'a dit que c'était une citation de F. Scott Fitzgerald.

"Je n'ai rien d'extraordinaire mais je ne suis pas le pire parti qui soit, non plus. Pas vrai ?"

J'étais d'accord. J'ai ajouté qu'il était un des personnages principaux de ma vie.

"Comment ça, un *personnage* ? Je ne suis pas un *personnage.*"

Je lui ai raconté que des producteurs de cinéma m'avaient demandé de faire une liste de personnages principaux et secondaires.

"En fait, ai-je dit, tu es un personnage principal secondaire.
— Quoi ? Je suis rétrogradé ?
— Oui."

Je les imaginais Nadia et lui dans une parodie d'un film de Jean-Luc Godard, se parlant tout bas dans un café près d'une gare, se relayant pour exprimer face caméra (par une voix off fragmentée) combien tout ça était impossible, combien leur incapacité à communiquer leur amour ne faisait qu'aggraver leur solitude et combien ils se sentaient écrasés par leur mépris réciproque.

Je suis malheureux avec toi et je suis malheureux seul.

Seulement, d'un point de vue de scénariste, il ne pourrait jamais être un personnage principal de Godard parce qu'il avait les dents trop blanches et n'était pas assez porté sur la méditation pour réciter un long monologue intérieur.

"Je ne suis pas particulièrement futé, c'est vrai. Nadia me trouve médiocre, aussi. Elle est bien plus intelligente que moi. Et sinon, a-t-il dit en me prenant la main pour l'embrasser comme un gigolo à l'ancienne, je ne veux pas remuer le couteau dans la plaie, mais la solitude ne te va pas aussi bien que tu le penses."

J'ai préparé du café turc que j'ai versé dans deux petites tasses.

Était-ce vrai que la solitude ne m'allait pas ? Dans ma vie passée, je me sentais parfois irréelle. Que signifiait le mot *irréel* ?

Si je me sentais un jour assez libre d'écrire ma vie comme je l'entendais, le but serait-il de me sentir *plus* réelle ? Qu'est-ce que je cherchais ? Pas *plus* de réalité, en tout cas. Je ne voulais clairement pas écrire le premier rôle féminin comme on l'écrit toujours. Je m'intéressais davantage à une protagoniste encore inédite.

Nous entendions les oiseaux de l'autre côté des murs quand son téléphone a de nouveau carillonné.

Cette fois, il a dit que c'était la réception de sa facture Uber.

"Tu es venu ici en Uber ?

— Oui.

— Pourquoi tu ne rentres pas chez toi en Uber ?

— Je vais appeler un mini-taxi."

Il a retiré sa veste jaune et s'est allongé sur le dos par terre, les mains derrière la tête, les yeux fixés au plafond. Je me suis couchée sur le canapé, j'ai retiré mes chaussures et étendu les jambes. C'était agréable de paresser avec quelqu'un au bout de la nuit. De ne pas avoir à parler, à se demander de sortir la poubelle, de réparer quelque chose, ou à discuter de nos enfants (même si on le faisait souvent), et de savoir que nous nous souhaitions sincèrement le meilleur – et non le pire. J'ai dû m'endormir parce que j'ai été réveillée par quelque chose qui m'effleurait la joue. Au début, j'ai cru que les oiseaux étaient entrés dans l'appartement, mais ça n'était qu'un fil tiré du canapé. La sonnette, désormais réparée, a retenti. C'était Nadia, grande et majestueuse, enveloppée dans un lourd manteau d'hiver.

"Est-ce qu'il est ici ?

— Oui.

— Il est quatre heures du matin. Il est censé aller chercher mon père à Heathrow à huit heures.”

Je l’ai fait entrer et elle a regardé son mari endormi par terre. Elle a donné une petite tape sur son ventre du bout de sa botte, puis a enfoncé le cuir profondément dans son ventre jusqu’à ce que mon ami ouvre les yeux.

“Bonjour, Nadia.” Il a tendu la main pour qu’elle l’aide à se relever. Elle n’a pas saisi son invitation et il est resté échoué là, bras tendus pendant qu’elle gardait les mains dans les poches de son gros manteau d’hiver.

L’image m’est restée en tête un long moment.

Je l’ai invitée à regarder les oiseaux.

Le cacatoès le plus bruyant faisait tournoyer un bout de pomme tavelée qu’il avait trouvé sur la table. Nadia voulait savoir d’où ils venaient.

J’ai répondu que je ne savais pas. Cette volée de trois était arrivée juste après minuit.

Nadia a levé les yeux vers le ciel et frémi comme si ce dernier cachait dans son infinité grise un certain nombre de volatiles exotiques prêts à se poser.

“Regarde le brouillard, a-t-elle dit, d’où est-ce qu’il vient ? Les vols de Heathrow seront peut-être retardés. *Il* va prendre le volant et je dormirai sur la banquette arrière jusqu’à ce qu’on arrive au Terminal 3.”

Quand ils sont partis, ils ne se parlaient toujours pas vraiment, mais je me suis dit qu'ils s'aimaient quand même. J'ai bu un verre d'eau fraîche et puis j'en ai versé dans un petit bol pour les oiseaux, que j'ai déposé sur le balcon. Le brouillard ne s'était pas encore dissipé, mais je voyais le gros cacatoès perché entre les deux autres. Il avait levé sa tête surmontée d'une crête et s'ébrouait du plus profond de son être. Une fine poudre blanche s'est élevée de son épais plumage avant de retomber comme du sel à ses pieds.

Treize

La voie lactée

Je parle à ma mère pour la première fois depuis sa mort. Elle écoute. J'écoute. Ça change. Je lui dis que j'écris un roman sur une mère et sa fille. Il y a un long silence. Comment vas-tu, maman, où que tu sois ? J'espère qu'il y a des chouettes pas loin. Tu as toujours adoré les chouettes. Tu sais que quelques jours après ta mort je regardais les articles d'un grand magasin sur Oxford Street et j'ai vu une paire de boucles d'oreilles en forme de chouette avec des yeux en verre de couleur verte. J'ai été saisie d'une joie inexplicable. *Je vais acheter ces boucles pour maman.*

Je me suis présentée à la caisse, mais au moment où la caissière se saisissait des boucles je me suis souvenue que tu étais morte.

Oh non non non non

J'ai prononcé ces mots à voix haute, on a dû me prendre pour une folle qui faisait une scène, une femme d'un autre siècle, carrément. Je suis partie, laissant les petites boucles en forme de chouette entre ses mains. C'est à cet instant que j'ai le mieux compris la façon dont Hamlet prononçait les mots les plus tristes de Shakespeare. Je ne parle pas que des mots eux-mêmes, mais bien du ton que Hamlet pourrait avoir en les prononçant.

Aucun doute, ces mots ne sonnent pas très bien. Je voulais sortir de ce magasin au plus vite.

Oh non non non non

Le chagrin n'a pas de siècle.

Pour la première fois, je me suis demandé comment, avec sa plume, Shakespeare avait pu faire remuer les lèvres de Hamlet pour qu'elles s'ouvrent et se ferment et s'ouvrent à nouveau pour prononcer ces mots difficiles qui décrivent si parfaitement la façon dont mon esprit était incapable d'accepter ta mort. Et puis j'ai lu quelque part qu'il avait rédigé *Hamlet* l'année où était mort son père. Pour moi, la phrase la plus importante de toute la pièce est la réponse que fait Hamlet quand on lui demande ce qu'il lit.

> Des mots, des mots, des mots.

Je pense qu'il essaye de dire qu'il est inconsolable.

Des mots qui peuvent recouvrir tout ce qui compte.

Je ne vois pas de fantômes mais *j'entends* que tu écoutes.

La guerre est finie pour toi.

Voici quelques nouvelles des vivants. Des oiseaux m'ont rendu visite toute l'année, d'une façon ou d'une autre. Certains sont réels, d'autres moins.

Mais tes chouettes sont vraies. J'ai arrêté de me demander pourquoi je suis obsédée par les oiseaux, cela a peut-être un rapport avec la mort et le renouveau. L'automne venu, j'ai fait un nouveau jardin dans la salle de bains. Le grand cactus montrait des signes de fatigue depuis un bon moment, puis il s'est recroquevillé et a viré au marron. J'ai grimpé dans la baignoire et l'ai retiré de l'étagère. J'ai gardé le petit cactus argenté, mais à côté j'ai planté du jasmin, des lis et des fougères. Sais-tu que le jasmin, comme la fleur d'oranger, a un parfum surnaturel qui parfois sent aussi les égouts ? La fougère est suspendue au-dessus de la baignoire ; les lis s'adaptent à la lumière. Le petit cactus argenté, avec ses bras levés vers le plafond, semble prier pour réclamer la pluie.

Comme moi. Chaque jour est dur.

Et j'aime la pluie.

Merci de m'avoir appris à nager et à manœuvrer un canot à la rame. Merci d'avoir tapé à la machine pour pouvoir remplir le frigo. Quant à moi, j'ai des choses à faire en ce monde et je me montre plus impitoyable que tu ne l'étais.

Quatorze

Bonnes nouvelles

J'ai vu le père de mes enfants pour discuter de Noël. C'était le deuxième Noël depuis notre divorce, même si nous avions marché côte à côte, ensemble mais séparés, pendant de nombreuses années. Nous avons parlé du menu, de qui cuisinerait quoi ce jour-là et nous avons échangé des idées de cadeaux pour nos filles. Nous étions dans le café d'une chaîne, assis face à face dans des fauteuils en cuir marron. Des enceintes diffusaient une chanson de Joni Mitchell. Elle parlait d'une personne aimée et détestée, mais nous avons fait comme si de rien n'était.

Nous avons discuté des nouvelles du monde et de la météo. Pas une fois nous n'avons mentionné la tempête qui avait fait couler le navire. Nous étions encore en colère l'un contre l'autre, mais nous étions calmes et je n'en revenais pas de le trouver toujours passionnant. C'était comme si nous avions passé un pacte au moment de notre rencontre d'en savoir moins l'un sur l'autre plutôt que plus. Je savais que c'était le défaut irrémédiable qui avait fini par nous déchirer, et espérais que nous ferions mieux dans ce domaine avec d'autres gens.

Je ne regrettais pas du tout de ne pas avoir regagné le *Bel-Argenté* à la nage, mais j'ai regretté de ne pas avoir trouvé lors du dernier Noël la nappe en coton blanc égyptien. Pour finir, j'avais dû utiliser une nappe en papier blanc. Ce n'était pas aussi bien, même si j'avais dit à mes filles que c'était comme dans les brasseries françaises, où le serveur note la commande sur le coin de la nappe en papier et revient à la fin du repas pour faire l'addition. Elles ne s'étaient pas souvenues de ces brasseries auxquelles je faisais référence et avaient demandé si j'allais faire payer nos invités. Cette année, la nappe en coton blanc égyptien serait décorée de bougies, de baies rouges, de houx et de gui. Leur père serait là, et j'inviterais l'homme qui avait pleuré à l'enterrement ainsi que son nouvel amant. Et Celia, bien sûr, si jamais son emploi du temps surchargé le lui permettait. Nous avons décidé de faire une sauce aux canneberges et une *bread sauce*, et nous avons échangé des conseils sur leur préparation. Pas moyen de nous consoler de la blessure cachée qui avait contribué à faire couler le navire, ou de notre absence de désir de rejoindre le navire. Mais il était vrai que le masque sociétal du mari et de la femme, que nous avions porté pendant si longtemps, était tombé et que nous pouvions à nouveau nous voir. Peut-être que ce qui était visible était trop humain pour être supportable. Nous nous sommes levés, avons enfilé nos manteaux et nous sommes fait la bise.

La nuit précédente, j'avais regardé une interview télévisée d'une Mexicaine d'âge moyen qui était plongeuse dans un casino de Vegas. Elle avait élevé sept enfants, dont un fils qui était chez les Marines, et elle racontait comment elle avait rejoint les États-Unis dans sa jeunesse. J'ai d'abord écouté d'une oreille, puis des deux. Ses mots ont ouvert un espace, un grand espace en moi. *"J'ai traversé la frontière seule, je suis venue en sentant l'obscurité noire et bleutée, le hurlement des coyotes, le bruit des plantes."*

Quand une femme doit trouver une nouvelle façon de vivre et s'émancipe du récit sociétal qui a effacé son nom, on s'attend à ce qu'elle se déteste par-dessus tout, que la souffrance la rende folle, qu'elle pleure de remords. Ce sont les bijoux qui lui sont réservés sur la couronne du patriarcat, qui ne demande qu'à être portée. Cela provoque beaucoup de larmes, mais mieux vaut marcher dans l'obscurité noire et bleutée que choisir ces bijoux de pacotille.

Le coût de la vie

Suite à une rêverie surgie du calme de sa dernière demeure, un foyer qu'elle avait aménagé pour elle-même, Marguerite Duras a suggéré que “l'écrit ça arrive comme le vent”.

> C'est nu, c'est de l'encre, c'est l'écrit, et ça passe comme rien d'autre ne passe dans la vie, rien de plus, sauf elle, la vie.

L'écrit que vous lisez à présent, c'est le coût de la vie et c'est de l'encre numérique.

SOURCES

Certaines des citations traduites sont extraites des ouvrages suivants :

Charlotte Brontë, *Jane Eyre*, traduit de l'anglais par Mme Lesbazeilles Souvestre, Paris, Hachette, 1890.

Elena Ferrante, *L'Enfant perdue* traduit de l'italien par Elsa Damien, Paris, Gallimard, 2018.

Emily Dickinson, *Poésie complète*, traduit de l'anglais (États-Unis) par Françoise Delphy, Paris, Flammarion, 2009.

RÉALISATION : NORD COMPO À VILLENEUVE-D'ASCQ
NORMANDIE ROTO IMPRESSION S.A.S. À LONRAI
DÉPÔT LÉGAL : AOÛT 2020. N° 145122-5 (2004350)
IMPRIMÉ EN FRANCE